花戦さ

鬼塚 忠

角川文庫
19763

花戦さ

【一】

どういうわけか晴れない。

分厚い雲が空を埋め尽くす日が続き、まるで晴れ間を目にしない春だった。山の桜も心なしか早々に散ってしまい、春を待ち焦がれていた人々は肩透かしをくわされた。

長引く戦乱の世に、期待はずれの春。そしてさわやかな季節などどこにいったものか、空も心も晴れぬまま梅雨へと突入せんばかりの日々に、人々の気持ちもどんよりと曇りつつあった。

時は天正《てんしよう》十年（一五八二年）五月。今を時めく織田信長《おだのぶなが》は、破竹の勢いで天下をその手に収めようとしていた。

信長は前年、上京《かみぎょう》内裏の東にて織田家の有力家臣を総動員した「京都御馬揃え」を行った。明らかにその勢力を印象付けるための示威行為である。信長の「天下布武」の気概を象徴したもので、その勇壮かつ美麗な様子は京の町衆の間でも評判となった。この馬揃えには時の天皇、正親町《おおぎまち》帝も招待され、まさに信長が天下を手中に収めつつあることを、天皇、公家《くげ》衆をはじめ、多くの町衆の心に深く刻み込む機会となった。

この頃、羽柴秀吉《はしばひでよし》は織田信長の命をうけ、備中高松《びっちゅうたかまつ》城を取り囲んでいた。中国地方の平定を任されたのが、秀吉であった。

城を守るは毛利《もうり》方の清水宗治《しみずむねはる》。秀吉軍が三万に対して、清水軍はわずか三千。圧倒的な兵力をもって取り囲んでいるものの、高松城は城を囲む湿原帯を利用した当時としては珍しい沼城で、容易に兵が近づけない。戦上手な宗治と城を取り囲む湿地に手も足も出ず、拮抗《きっこう》した状態がすでに一月続いていた。

この日も朝から雲が空を覆っていた。風はない。

「こりゃ、手ごわい難城だわ」

秀吉は呟《つぶや》いた。

備中高松城から五百五十間ほど離れた高台に築かれた、高さ三十尺ほどの竹で組まれた櫓《やぐら》の最上階に秀吉はいる。眼下には城とその周辺を見渡せた。

すでにその頃、備中高松城はあたかも湖に浮かぶ小島のようになっていた。

攻めあぐねた秀吉は水攻めを選んだ。城の周囲に前代未聞の大規模な堤防が築かれ、その堤内に水が流し込まれた。知略に富んだ秀吉は人の心を巧みにあやつる名人でもあり、地元の士卒や農民を高額な報酬でつり、突貫工事によって、南北一里、高さ二十六尺の見事な長堤をわずか十二日間で築き上げたのだった。

季節は梅雨。来る日も来る日も降り続ける雨に助けられ、見る見るうちに高松城は水につかった。兵糧も援軍も断たれた清水宗治は、ただただ籠城《ろうじょう》を続けるほかなかった。

秀吉は、中国攻めの総大将だというのに、甲冑《かっちゅう》を脱ぎ、草鞋《わらじ》でなく草履をはいている。紺地に家紋が入った扇子でせわしなく扇《あお》ぎつつ、櫓に置かれた机に頬杖《ほおづえ》をつき、にらみ合ったまままったく変化のない戦況をぼんやり眺めていた。

「まったくもって、戦も天気も晴れん。かなわんなぁ」

秀吉の指が、明らかにいらついた様子で机を小刻みにはじいた。

午後になると、黒い雲がにわかに空を覆い、生暖かい雨が降り始めた。雨とともに少し風もそよいだ。兵たちは鉄砲や大砲などが濡《ぬ》れぬように、慌てて作業を始めた。難攻不落の城に、秀吉の憤懣《ふんまん》は最高潮に達していた。

「ぬぅ、宗治め」とうなってみたり、前線に対して「なにをやっておる」と大きな声でどなってみたりする。家臣たちは大将の機嫌をとろうとするものの、進展のない戦況を報告したところで、何の役にも立たなかった。

しかし、秀吉のこうした態度は全て芝居だった。

さんざん悪態をついた秀吉は、くるりと振り返り従者に指示した。

「さて、硯《すずり》と筆をこれへ」

腰をおろすと信長に対して援軍を求める書状をしたためた。

この男、したたかである。

ここ数回は連勝している。今回も勝てる戦であることはほぼ間違いない。しかしここであまり景気よく勝ち戦が続くと、可愛げがないと思われるのではないか。あえて援軍を求めることで、この勝利を信長の力あってこそとするつもりであった。その方がお屋形様の気分も良いだろう。秀吉は、人の気持ちの痒《かゆ》いところへ手を届かせる名人である。

信長もそんな秀吉を好ましく思っており、信長にとって秀吉は、自分を脅かすことのない気心の知れた存在だった。知略にすぐれ、よく自分を理解する存在。素直な感情表現、己の立ち位置を知る卓越したバランス感覚を評価していた。

数日後、信長から書状が届いた。秀吉は、少し興奮したような表情で勢いよく書状を広げた。「援軍を送る」としたためられていた。その援軍として中国に向かうよう信長より指示されたのは重臣、明智光秀《あけちみつひで》であった。

「ほう。明智殿か……」秀吉はみすぼらしく伸びた口ひげを撫《な》でた。

明智光秀は、信長とともに戦に明け暮れ、ついには近江《おうみ》、丹波《たんば》という京への入り口にあたる領土を信長から授かった。それは信長の信頼の証《あかし》でもあった。また、その人柄や利発さ、人の器とも申し分なく、周囲からの評価は好意的だった。

しかし光秀は自分と秀吉が常に比較されることを嫌っていた。自分は曲がりなりにも武家の出であり、幼少のころから培われた教養の深さは、秀吉の及ぶところではないと思っていた。しかも容姿端麗、文化芸術への造詣《ぞうけい》も深い。だが信長は、教養の深さに過度の自信を持つ光秀の態度を逆に嫌った。あまりに洗練されたその振る舞いをよく思っていなかったのだ。

「殿はなぜ自分を嫌い、無学で醜悪な猿を寵愛《ちょうあい》するのか」

と、幾度か側近に漏らすうちに光秀のうっ憤はたまっていくのであった。

秀吉からの援軍要請に対して、信長はその光秀に白羽の矢を立てた。

光秀は、五月十五日から安土《あづち》城にいた。長きにわたる宿敵、武田《たけだ》氏との戦いで功を上げた徳川家康《とくがわいえやす》を労《ねぎら》う席で接待役を務めていたのだ。だが十七日になって、光秀は急遽《きゅうきょ》その役を途中解任され、秀吉の配下に入れ、という出陣命令を受けたのである。

光秀は拳《こぶし》を掌に打ちつけた。

「なぜ、猿の配下にならなければならないのだ！」

光秀はここから堰《せき》を切ったかのように暴走を始める。織田勢の中でも、どちらかというと腕力勝負の武闘派というよりは、穏やかな智将派であった。それゆえに信長の厳しい采配《さいはい》に困惑する場面も多かった。信長の天下布武の夢に向かってともに走っていたはずの男は、積もりに積もった不満を思いもよらない形で爆発させることになる。

「このような屈辱、呑《の》む訳にはいかぬ」

秀吉の見え透いた計略は裏目に出た。

六月一日の夕方、丹波亀山《かめやま》城を出発した光秀は、手勢一万三千人を引き連れ、備中とは反対の京に向かった。

「敵は本能寺《ほんのうじ》にあり！」

丹波の山の中を行軍し桂《かつら》川へと至った軍勢は、一気に京の町になだれ込んだ。

信長は中国征討の準備のため、僅《わず》かに兵百人をつれて、五月二十九日から京都の本能寺に逗留《とうりゅう》していた。六月一日には、公家や有力な商人たちを招き、数々の名物茶器とともに盛大な茶会を催した。その後の酒宴を終えて床に就いたのは深夜だった。

空が白み始めるころ、馬の嘶《いなな》きや鬨《とき》の声などのただならぬ雰囲気に目を覚ました時には、本能寺はすでに明智の軍勢に周囲をぐるりと固められていた。多勢に無勢で交戦空しく、信長は自ら火を放ち燃え上がる本能寺内の一室で自害した。

明智光秀の前代未聞の謀反劇により、信長の天下布武の夢は、この日あっけなく途絶えることとなった。

早くも翌日の六月三日夜半、秀吉のもとへ斥候が飛び込んだ。霧雨が煙《けぶ》る闇夜にまぎれ、一人の男が秀吉軍の包囲網を掻《か》い潜り、城に向かっていたのだという。たまたま秀吉軍の足軽が見つけ、その身柄を押さえたのだ。

高松城に向かっていたのは、明智光秀が清水宗治のもとへ差し向けた密使だった。男が携えていた書状は秀吉の懐刀、石田《いしだ》三成《みつなり》によって秀吉のもとに届けられた。

たたき起こされた秀吉は、着物がはだけたまま、眠い目をこすりながら不機嫌な様子で言った。

「いったい何事であるか、三成。せっかく良い夢を見ておったところであったのに。何かの吉報であったかもしれんぞ。して、なにごとじゃ」

「殿……、城を目指し泳ごうとするものを捕らえました。そのものがこれを持っておりました」

「なんじゃ、書状か。なんと書いてある。読んでみよ」

秀吉は耳の穴をほじりながら、三成に読むように促した。しかし、三成は「いえ、あの……それは、ちょっと……」と煮え切らない。

「えぇい、わかったわかった。はよう貸してみ」

秀吉は、首をぐるぐると回しながら手を差し出した。三成が素早く書状を手渡す。

ゆっくりと書状に目を落とした。

昨夜《ゆうべ》から降り続いている土砂降りの雨が、一層激しく屋根瓦《がわら》を叩《たた》いた。秀吉が何かつぶやいたが、雨音で三成には聞こえない。

秀吉は書状を両手で左から右に送る。見る見る秀吉の形相が変わっていった。肩が小刻みに震え、沈痛な面持ちになる。一読すると、どんっと膝《ひざ》をついた。そしてそのままもう一度読み返す。その間も何かつぶやいているようだったが、三成は聞き取れない。三成は後ずさりに部屋を出て、静かに襖《ふすま》を閉めた。

「あわわわわ……そんな……お屋形様が……そんな……」

言葉にならない言葉を発しながらしばらく歩いて、部屋の真ん中あたりで立ち止まると天井を見つめた。両の目からポロポロと大粒の涙が流れ落ちる。

「そんな……お屋形様……」

秀吉は膝からガクンと崩れ、そのまま仰向《あおむ》けに倒れた。雨は今も尚《なお》、激しく降り続いていた。そのままの格好で秀吉は夜が明けるまで泣き続けた。

お屋形様が、もうすぐ天下を手中におさめるだろう。自分はお屋形様の力になれたのだろうか。この中国攻めが終われば、きっと太平の世がくるであろう。そうしたら自分は商売に力を入れよう。商業の町、堺《さかい》で商いをし、お屋形様を支えよう。そのようなことがなぜか頭をかすめる。

自分を「猿」と呼んでくれたあの日から、厳しい戦の中をともに命がけで走り抜けた。しかしもう、お屋形様はこの世にいない。そう思うとまた涙が溢《あふ》れた。

ゆっくりと、ゆっくりと、頭で繰り返しながら、目の前に起こりつつある状況を整理していく。

書状は、京都本能寺で明智光秀が信長を討ったことを告げる密書であった。この書状が清水宗治のもとに届いていれば、清水勢は息を吹き返すところだった。さらには清水宗治をはじめとする、今秀吉が敵対している毛利方に光秀の味方につくよう説得する内容も含まれていた。

自分をだまそうとする清水宗治の陰謀に決まっている。そう思いたかったが、その書状にある光秀の花押《かおう》は本物のようである。

雨は降り続いていたが、東の空からゆるゆると明るさを増し、夜明けを告げていた。秀吉の部屋からすすり泣く声が聞こえなくなった。

用心深い三成は夜通し、部屋のすぐ外で待っていた。秀吉の様子は普通ではない。

変な気をおこされでもしたらと思ったのだ。

賄いの者が朝餉《あさげ》を運んできたが、「わしが殿のお部屋へ運ぼう」とその役を三成が買って出た。秀吉の様子が気になってしかたがないのだ。

「殿、朝餉の支度ができております。よろしいでしょうか。殿……」

返事がない。怪しく思った三成は思い切って襖をあけた。

秀吉は、部屋の隅で力なくしゃがみこんでいた。

（殿……）

心の底から敬愛している信長公が亡くなった今、冷静でいられなくなるのは当たり前のことであろう。そう思い、そっと朝餉を置いて部屋を出ようとしたその時だった。

「三成い〜」

それは、今にも消えてしまいそうなか細い声であった。三成は振り向き、秀吉の前まで歩み寄り、腰を下ろした。

「はっ、三成でございます」

「三成、黒田官兵衛《くろだかんべえ》を今すぐここに呼べ」

「承知いたしました」

「和議じゃ」

「はっ。今、なんとおっしゃいました」

「和議を進める」

この時の秀吉の目には既に生気が戻っていた。それどころか恐ろしいほどの怒りを押し堪《こら》えて、その眼の奥に、火山の噴火を予感させるようなとてつもない力がこもっているのが三成にはわかった。何か一つの決意が秀吉の中で定まったことを悟った。

この日の夜、黒田官兵衛と石田三成は清水宗治の使者と条件をまとめあげ、和議を成立させた。備中高松城内にいる兵の命はすべて助ける代わりに、城主清水宗治の切腹を命ずるというものであった。


翌日も朝から小雨が降っていた。この長雨のお蔭《かげ》で水攻めもうまくいったのだが、秀吉は苦い顔で空を仰ぎ見るばかりだった。

この日の秀吉は、朱色をあしらった甲冑《かっちゅう》を着込み、水攻めの最前線に組み上げた櫓《やぐら》の上にいた。こうして最前線に来てみると、水攻めの恐ろしさを改めて感じる。水面の孤島となった高松城内の兵たちの不安な気持ちを思うと、敵のことながら胸に迫るものがあった。

正午前、約束の時間に高松城から一艘《そう》の手漕《てこ》ぎ船が出た。清水宗治が白い着物姿で船首に腰かけているのが見えた。長きにわたるこの過酷な水攻めに、降伏することなく戦い抜いた闘将の表情は心なしか晴れやかに見えた。

「敵ながらあっぱれな男であるな。忠義の男である」

秀吉は、自陣でありながら大きな声で宗治を讃《たた》えた。

正午、宗治は船上で自害した。その切腹により三千人近くの兵の命を救ったのだ。見事な最期というよりほかない。

これにより二か月に及ぶこの城攻めも終わりを迎えた。秀吉の家臣たちも安堵《あんど》の表情を浮かべ、勝ち鬨《どき》を上げるべく、少しざわついた。

が、秀吉は間髪を容《い》れずに続けて、叫んだ。

「今より京へ引き返し、信長公の仇《かたき》をとる。誰よりも早く、明智光秀を倒すのじゃ」

信長の死を知らない多くの兵は唖然《あぜん》とし、何が何だかわからぬまま出立の準備を始めた。

降りしきる雨の中、幅の狭い街道を埋め尽くした軍勢が猛烈なスピードで駆け抜けていく。秀吉は前を走る馬が飛ばす泥をかぶりながら、信長のことを考えていた。信長と出会い、「猿」と呼ばれ、信長の希望に添えるよう必死で戦ってきたこの日々を思うと、涙がとまらなかった。

「明智光秀、ぜったいに許さぬ」

京都までの道のりを一気に駆け抜けた。疾風のごとく駆けに駆けた。

清水宗治の切腹からわずか九日のち、秀吉は摂津《せっつ》国と山城《やましろ》国のちょうど間に位置する山崎《やまざき》の天王山《てんのうざん》で光秀と対峙《たいじ》した。なんといっても秀吉軍には「主君の仇討《あだう》ち」という大義名分があった。世論は光秀の謀反を許さなかった。光秀が頼みの綱としていた細川藤孝《ほそかわふじたか》は中立を守り、筒井順慶《つついじゅんけい》と高山右近《たかやまうこん》は秀吉の側に付いた。結果として秀吉の兵の数は四万に膨らみ、形勢はその秀吉に大きく傾いた。

いわゆる「中国大返し」により備中から一気に駆け戻り、陣を構えると秀吉は普段以上の冷静さを取り戻し、刻々と伝えられる周辺状況、敵情、味方の動きを淡々と頭に入れていく。

「ええか、この戦、まさしく亡きお屋形様の弔い合戦である。何が何でも明智光秀を討つのじゃ」

「おぉ」兵が鬨の声を上げた。

「お屋形様！　我らに、この我らに力を与えたまえ」

戦場に秀吉の雄叫《おたけ》びが響いた。


天王山中腹の宝積寺《ほうしやく》に陣を敷いた秀吉。これに対し、御坊塚に陣を敷いた光秀。にらみ合ったまま夜が明けた。

六月十三日、朝から雨が降っている。天王山にはもやがかかり視界が悪い。山の合間を、地を這《は》うように兵が左右に蠢《うごめ》いていた。一進一退の攻防が続いた。

「猿めが。調子に乗りよって。者ども何をしておる。百姓の兵など、押し返さぬかぁ」

明智光秀は、焦っていた。中国攻めをしていた秀吉がまさかの強行軍で目の前に現れ、あれよあれよという間に、分厚い攻撃をしかけてきている。

夕刻、ついに崩れた。両軍の間を流れていた円明寺川《えんみようじ》を密《ひそ》かにわたった秀吉軍が光秀軍を奇襲。そこから一気に光秀の兵列は制御を失った。混乱が混乱を呼び、光秀軍はあえなく総崩れとなった。

「あぁ。猿、忌々しい、とにかく兵を退《ひ》くぞ」

明智光秀は自らの居城、琵琶《びわ》湖の南西にある坂本《さかもと》城を目指し敗走した。

秀吉が陣を構える宝積寺にも、伝令からの一報が入った。

「申し上げます。明智光秀が逃走したもよう。追っております」

「殿、もはやわれらの勝利ですぞ」

傍らにいた石田三成が、年齢の割に普段落ち着いているこの男にしては珍しく明るい声で弾むように言った。

「いや、まだじゃ。光秀の首を見るまでは終わっておらんわ。馬鹿もん」

秀吉は立ち上がり、足を踏み鳴らしながらなおも言った。

「よいか。何が何でも光秀を討つのじゃ。光秀についた者たちも断じて許すな」

「はっ」

三成は慌てて、雨の中を走り出た。

【二】

信長の死から一月が経った、天正十年（一五八二年）七月。

春先からの悪天候がうそのように、容赦ない日差しが京の都に降り注いでいた。京は周囲を山に囲まれた盆地で、夏の蒸し暑さは一際厳しい。肌を突き刺す日差しが本格的な夏の到来を告げていた。

応仁《おうにん》の乱からつづく武将たちの争いに巻き込まれ、京の町には荒廃が広がっていた。町のあちらこちらが焼け落ち、住まいを失った者たちが河原にあふれ寝起きしているという荒廃ぶりであった。前月天下を決する大きな戦があったことなど、みな知る由もない。

しかし、町の人々の暮らしは傷つきながらも淡々と営まれており、明日への活力は失われていなかった。特に「町衆」とよばれる商人が京の復興の大きな原動力となっていた。

下京《しもぎょう》の三条室町《さんじょうむろまち》で小間物屋を営む十一屋吉右衛門《じゅういちやきちえもん》という男がいる。吉右衛門はそこいら一帯の町衆のまとめ役として、町の顔であった。人々からの信頼も厚く、人情深く心根の優しい男である。しかし、実直さが空回りし、しばしば奉行所あたりと揉《も》めることもあった。決して私利私欲で動く男ではない。本人曰《いわ》く、筋が通らないことに納得がいかないだけである。

「奉行がなんや。武家さんがなんや。わし等には六角《ろっかく》さんがついてくれてはるんやでっ」

これが吉右衛門のいつもの啖呵《たんか》だ。

世は戦国の真っただ中。室町幕府が滅び、世が混迷していくだろうことは、京に暮らす者なら誰もが感じていた。もはや武家も公家《くげ》もあてにならない。

そんな中にあって、町衆の明日への希望を一身に集める寺があった。帝《みかど》の住まう内裏から真っ直ぐ南へ五百五十間ほど南方に建つ「六角堂」という寺がそれである。

この寺の正式な名称は「紫雲山《しうんざん》 頂法寺《ちょうほうじ》」といい、京の町衆からは愛情を込めて「六角さん」と呼ばれている。ちょうど都の真ん中に位置し、「京のへそ」と言い習わされている。

東西にのびる六角小路の名の由来でもあり、その通りに面して山門がある。町中にあるその門をくぐると、鮮やかな緑色の柳と伊吹《いぶき》の木が目に飛び込んでくる。その奥に六角形の形をした本堂があり、多くの人々で賑《にぎ》わっていた。境内には池がある。水面には睡蓮《すいれん》の花が漂い、池の周囲には花菖蒲《しょうぶ》の花が咲くときを待っていた。本当にここが下京の町中であるのかと一瞬疑うような、喧騒《けんそう》とは無縁の光景が広がっていた。

六角堂は聖徳太子《しょうとくたいし》が四天王寺《してんのう》の建材を求めて山城国に来た際に、この地で沐浴《もくよく》をされ、持仏をおいたところ、沐浴を終えてその持仏を取り上げようとしても動かせなくなり、その日の夜にこの地に祀《まつ》れとのお告げがあり、建立したと伝えられている。その名の通り六角形の御堂で、本尊は如意輪観世音菩薩《にょいりんかんぜおんぼさつ》。つまり聖徳太子信仰、観音信仰により、日中多くの町人や農民、武家、公家も祈願に訪れる祈願寺である。西国三十三所観音霊場の十八番《おはこ》に数えられており毎日大勢の参拝者で賑わっていた。かつて聖徳太子を信仰していた親鸞《しんらん》聖人がこの六角堂で百日参籠《さんろう》の末、のちに浄土真宗《じょうどしんしゅう》をひらいたことでも知られていた。

吉右衛門は、毎日欠かさずに六角堂を訪れ、観音様に家内安全や、商売繁盛などを祈願していた。

六角堂には、伝えられるいくつかの伝説がある。

ひとつは、桓武《かんむ》天皇が平安京を整備する際、東西に道を造ろうとすると、当時の六角堂が道路にひっかかってしまったが、桓武天皇が困っていると、一夜の内に御堂が動いたというもの。またひとつは、嵯峨《さが》天皇が后《きさき》を求めていると、夢にお告げがあったというもの。六角堂の柳の下に行けと告げられて明朝、六角堂へ行くと柳の下に絶世の美女が立っており、后としたという。噂好きの京の人々がいかにも好きそうな話である。しかしこうした伝説だけが人気の理由ではない。

吉右衛門は言う。

「六角さんには、いつも見事な花が供えてあるんや。あんな花、他のお寺では見られへんわ」

そう思っているのは吉右衛門だけではない。政治文化の中心地である京の人々はこの頃から高い美意識を持っていた。美しいものや珍しいものに興味が集まり、大人から子供までの話題となった。

「六角さんの花、どこをどうしたら、あんな花が入れられるんやろかなぁ」

六角堂を初めて訪れた人は供えられた花の格調高い荘厳さに驚き、すぐにはその仕組みが呑《の》み込めないほどである。

つまり吉右衛門をはじめ、京の町衆の心を惹《ひ》きつけてやまなかったのは、この六角堂の本堂に飾られる「花」であった。


七月も終わろうかという日。境内には蟬の鳴く声が響き渡っている。夏の日差しは朝から厳しい。

一人の僧侶《そうりょ》が、池のそばにある寺坊から現れた。ひろい額に坊主頭。垂れ目がちな憎めない表情をしている。武力に傾倒している当世の僧兵などとは正反対の穏やかな雰囲気だ。

僧は、両手に数種類の草木が入った手桶《ておけ》を持っている。

玄関から二、三歩進み出たところで立ち止まった。手桶を足元に置き、両の手を頭上高くに上げ、大きく伸びをし、首を左右に曲げ勢いよくバキバキと鳴らすと深呼吸をした。

蟬の声の音量がひときわ上がった。僧は襟元を正すと、真っ直ぐ前を見た。もう一度息を大きく吸い込む。

「さて。今日もいきまひょか」

僧はいつものように境内の数か所を参り、裏堂から本堂にあがった。

本堂の中は夏の昼間でも薄暗く、ひやっとした空気が残っている。裏堂に手桶を置き、着衣を正した。本堂の中では、まずは朝のお勤めを行う。蝉の鳴き声に調和するように僧の読経《どきょう》する声が本堂に響く。太くこぶしの利いた声だ。

六角堂の境内には山門側に大きな柳と伊吹の木があるが、それ以外にも松、銀杏《いちょう》、紅葉、桜などの樹木が植えられ、境内のあちらこちらに美しい花が太陽に向かって元気よく咲いている。時折吹く風が草花を優しく揺らしていた。

読経が終わると、僧は花を供え始めた。

手桶には京の夏を代表する大きな葉が特徴の檜扇《ひおうぎ》が入っている。その他に柾《まさき》、柳の一枝、桔梗《ききょう》、撫子《なでしこ》、著莪《しゃが》などが見える。境内には、すでに多くの見物人がこの僧が花を生けるところを見ようと集まっていた。つまり、堂内で本尊に向かって花を供えているその背後から、大勢の視線を浴びることになる。その中に吉右衛門の姿もあった。

「さあさあ、今日も始まるでぇ。今日は檜扇でっか。どないして供えはるんやろな」

吉右衛門は、いつものように周囲の見物人たちを煽《あお》って、大きな声で独り言をつぶやいた。

（また吉右衛門か。ほんまに好きな男やなぁ）

僧はその存在を背中で感じながら、檜扇を手に取り、じっと見つめている。葉を一枚、また一枚と落とす。花を見つめるその眼からは先ほどまでの柔和さは消え、厳しい光が宿っていた。

僧は両手で茎をゆっくり矯《た》めた。両手で茎を持ち、微妙な力加減で曲げていく。檜扇の茎は力加減を間違えると、ポキッと折れてしまう、矯めのきかない花材だ。僧は一点に十の力を加えながら九の力をいなすような力加減で矯めた。葉をもう一枚。そして空中に靡《なび》かせて、じっと見つめる。

野暮ったい印象だった檜扇が、キュンと弾んだような、生命の勢いのある姿に変わった。自然のまま、野から切ってきたままの檜扇に僧が少し手を加えるだけで、そのものに潜んでいた命の煌《きら》めきとでもいうものが輝き始める。この世の中に無駄な葉や枝はない。美しさというものは、その奥深くに隠れている。僧はそう思っている。

枝や葉を省略し、そのものの持つ本来の美を引き出すこと。それが信条だった。

器は銅製のもの。飾り気のない素朴なもので、この寺に古くから伝えられている器だ。しっかり手入れされた深みのある黒茶色をしている。この僧が好むのは、あまり装飾のない簡素な器だった。器の中には込み藁《わら》という拳《こぶし》ほどの藁を束ねた花留《はなどめ》が仕込まれており、花の茎の先を尖《とが》らせ藁に挿し込んで固定する。そうすると、瓶からスッと立ち上がったような姿が実現できる。僧は瓶口から真っ直ぐ立ち上がった部分、つまり花と水とが接する部分を「水際」と呼び、花を挿すことを「花を立てる」もしくは「花を生ける」と言った。

僧が命を吹き込んだ檜扇が器の中心に立てられた。人の手から離れ、瓶上という別世界に移された途端、檜扇は凜《りん》として、特別な生命を持つかけがえのない人のように見えてくる。

「よし、すばらしい立ち姿や」

その後も僧は一種ずつ、何かを見定め、決意するかのように器に立てていく。次の種類、また次の種類とその手は進められる。最後に、可憐《かれん》な白い撫子を二本、足元へ挿し入れた。一本は咲いた花。もう一本は蕾《つぼみ》。蕾は未来への希望を感じさせる。

僧は居ずまいを正し、すぅっと息を吸い、花をゆっくりと眺めた。そして、静かに鋏《はさみ》を置き、花に一礼をした。

(今日の檜扇はいい出来や。平太《へいた》にしっかり礼を言わなあかんな)

平太とは、六角堂の向かいに住む大柄な男で、いつも花を届けてくれる。もちろんこの檜扇も平太が用立ててくれた。


僧が立ち上がると、本堂の外から様子を見ていた者たちの間にざわめきが広がる。花は仏に対して供えられるため、本堂の外からは僧の背中越しに見ることになる。見物している吉右衛門らに言わせてみれば、僧のその背中が邪魔をして花が見えない。しかし、すでに花が完成したということはその息遣いや仕草でわかる。誰もが早く花が見たいのだ。ひどい時なら、「できたんやったら、早《はよ》うわしらに花を見せてくだされ」「早くどいてえな」という声がかかることもある。そんな時は僧は黙って苦笑いするしかない。

「どっこいしょと」

僧はじらしていたかのようにゆっくりと立ち上がり、道具を片づけ始めた。

「すまんの、すまんの。ちょっとわしにも花を見したってや。ずっと前から来とったんや」

花が一番よく見える真正面の位置まで、吉右衛門は人をかき分け、ようやくたどり着いた。

（正面から見る瞬間こそが最も気持ちが良い）

　これが吉右衛門のこだわりだった。

　吉右衛門はここという場所に立ち、呼吸を整えた。朝、六角堂に来てから待つこと約二時間。じっと待つのはこの瞬間のためといっても過言ではない。吉右衛門は満を持して顔を上げ、花を見た。

（おっ、なんとも凛とした花やなあ）

　思わず吉右衛門はため息をもらした。

　先ほどまで手桶の中に雑然と入っていた植物たちが、一つの器の上で調和し合い、見違えるほど生き生きと生命感を放っていた。一枝一花が、瓶の中心から左右に伸び出し、安定の中に不安定さを合わせ持った絶妙の力配置で挿されている。枝と枝とが、お互いを引き立てあい、独特の空間美を作り出していた。

「ほんま、ええなぁ」

　吉右衛門は誰に言うでもなく、一人感じ入っていた。

　葉も花も瓶口から一旦《いったん》真っ直ぐ上に立ち上がり、水際は美しく一つにまとまっている。上方には檜扇の葉が左に大きく傾き、右には柳の枝が弾んだ姿で大きく張り出している。真ん中には著莪の葉が力強く用いられ、柾で下方が引き締められている。左右だけでなく前後への広がりも感じさせる、まるで球体のような造形だ。このような仏前の花は、他の寺では見たことがない。

僧は片づけを終え、本尊に一礼すると、残った花を手桶《ておけ》に戻し本堂を出た。出たところで、近くに住む子どもたちが群がってきた。

「専好《せんこう》さん、専好さん。今日は何をいけはったん」

可愛らしい声でそう聞いたのは、六角堂の近所の菓子屋「鐘月庵《しょうげつあん》」の一人娘、季《とき》だ。今年六歳になる。季にとって六角堂は格好の遊び場所であり、まるで庭のような存在だった。

僧は、花を生けている時とは打って変わって、こぼれるような優しい笑顔で答えた。

「お季ちゃんか。これはな、檜扇や」

笑うと目じりが更に下がる。

「ふ〜ん」

季の気のない返事に僧は苦笑いをした。

残った花材の入った桶を置き、その中から檜扇《ひおうぎ》を一本取り上げた。そして周囲を取り巻く子どもたちの頭の上から扇《あお》いでやった。心地良い風が子どもたちの顔を撫《な》でる。

「わ〜、気持ちいい〜」

季が笑った。

「な、扇みたいやろ」

残っている檜扇を子どもたちに配ってやると、皆てんで勝手に扇ぎ始めた。

(この子らは蕾なんやなあ)

そう思いながら、僧は子どもの笑顔をほほえましく見る。

「なぁ専好さん、どないしたら花を上手にいけられるん」

「なんも難しいことはないんやで。この檜扇に、どう生けてもらいたいかを聞いてみるんや。わしが上手なんやない。もともと檜扇が美しいのや」

子どもたちは、わかったのかどうなのか、ふ〜んと言う。

「じゃ、なんで花はきれいか、わかるか」

専好は少し意地悪な質問を子どもたちに投げかけた。子どもたちは目をぱちぱちしながら頭をひねる。

「きれいやから、きれいなんと違うの」

季が言った。

僧は、檜扇をゆっくり天にかざし、目を細めて、じっと見つめながら言った。

「それは、生きているからなんや。人と同じ、草も木も生きている。人よりももっと儚《はかな》い。けれど懸命に生きるから美しいんやで。人は生きているものに共感するさかいに」

「ふ〜ん、そうなんや。けど、きょうかん、って何なん」

僧は大きな声で笑った。

「そうやな、そうやな。ははは。堪忍、堪忍」

「はははは」

この僧、名を池坊《いけのぼう》専好という。

京で花の名人といえば、子どもでも「六角堂の専好さん」と答えるほど、その花は評判だった。

池坊の家は、六角堂の住職を務める家系で、代々花の名人を生み出している。専好の叔父《おじ》で六角堂執行を務める専栄《せんえい》も、その先代で祖父である専応《せんおう》も、たびたび宮中に召され、帝《みかど》のためにに花を立てていたという名門だ。池坊という名は、六角堂の境内にある池のほとりの寺坊に住むことから、そう呼ばれるようになったと言われている。代々「専」の字を受け継いできた。そこにどういう意味があるのかは、専好も知らなかった。

専好は齢《よわい》四十六になる。僧侶《そうりょ》らしからぬ真っ黒に日焼けした顔からこぼれる白い歯が眩《まぶ》しい。垂れ目の目じりに深い笑い皺《じわ》がくっきりと刻まれている。歳相応に少し腹回りに中年の衰えを感じさせたが、袖《そで》からのぞく腕と胸板は、細身だが筋肉質な身体を想像させた。

専好はよく働き、よく食べ、よく眠る。昔から甘いものに目がなく、酒にはめっぽう弱かった。場を盛り上げる為、飲むには飲むが宴席途中で専ら端の方で居眠りをしている。

普段は温和な専好も、花と向かい合い集中している時は凜《りん》とした緊張感を漂わせ、話しかけるのを躊躇《ためら》わせるほどであった。だが、普段の専好からは「花の名家の人」という崇高さはまったく感じない。それどころか、袈裟《けさ》を着ていても僧侶独特の厳格な雰囲気さえ持ち合わせていなかった。そのため誰でもが気楽に話しかけるし、子ども達も寄りついてくる。季や周りの子ども達と笑いあう専好を見ていると、この人が本当に「花の名人」なのかを疑ってしまうほど、純粋無垢《むく》な子どものようであった。

専好には妻と一人の子がいた。妻の名はおたみという。

おたみは、もともと叔父専栄の弟子で六角堂の近くで金物屋を営む家の子に生まれ、六角堂境内を遊び場にして育った。専好より十五歳若く、幼い頃は専好の後を追いかけまわしていた、いわば歳の離れた幼馴染《なじ》みである。専好にとっては可愛い妹のようなものであった。花の家を継ぐ者として、先代に強く婚儀を勧められたが、専好の腰は重かった。決して女嫌いという訳ではなかったが、花に没頭し過ぎていた専好は三十六歳の時に夫婦《めおと》になり、四十歳の時に長男豊重《とよしげ》を授かった。そして今、おたみの腹にはややこがいた。

「おたみ、でかした。よくやったぞ、おたみ」

専好は毎日のようにおたみを褒め腹を擦《さす》った。元来子ども好きな専好は、待望の二人目ができることで毎日機嫌がよく、普段に増して伸び伸びとした花を立てていた。今日立てた檜扇の花にも気持ちが乗っており、そういう立花は見る者を魅了した。

「今日もええもん見せてもらったわ」

境内をあとにする町衆の中で吉右衛門は作品の前から、しばし動けないでいた。大きく息を吸い、ゆっくりと吐いた。

「あぁ、あれからもう十五年か」

頬を伝う汗を手ぬぐいで拭《ぬぐ》う。蟬の鳴き声がいっそう大きくなり、吉右衛門の耳の奥ではじけ、十五年前の夏を思い出させた。

十五年前の夏も、同じように暑かった。

吉右衛門には十になったばかりの一人娘がいた。名を初《はつ》といった。妻は娘を産んだ後、間もなくこの世を去った。それ故に父娘の二人暮らしであった。

その夏、初は季節外れの流行《はやり》病を患い、高熱が二十日ほど続き、目に見えて衰弱していった。スッキリとした顔立ちの賢い子で、父の手伝いをいつも一生懸命にやる娘だった。そしてことのほか花が好きで、よく「六角さんのお花を見にいこ」とはしゃぐようにせがんだ。

床に臥《ふ》せってから二十一日目の朝、初の容態は急変した。医者に診せても、首をかしげるばかりだった。吉右衛門は涙をこらえ、無理に笑顔をつくり初に言った。

「お初や、しっかりしておくれ。そうだお初。何が欲しい。お父ちゃんな、何ってでもお初の願いをかなえてあげるで。さっ、何が欲しい」

初は苦しそうに息を弾ませ、その小さな手で吉右衛門の手を握った。

「お父ちゃん、うちな、うちな、お花が見たいねん。また六角さんに行って、専好さんの花が見たいねん」

吉右衛門の頬を涙がつたった。

「そうか、そうか、お初。六角さんの花はええもんな。そしたらちょっとだけ待っておくれ。お父ちゃんな、今から六角さんに行ってくるからな」

吉右衛門は初の手を布団に静かにしまい直し、表に飛び出した。すでに時刻は夜の八時を回っていた。六角堂目がけて走りに走り、山門にたどり着き扉を激しく叩《たた》いた。

「専好様、池坊専好様はおられませんか。娘が……娘が……。あぁ、専好様ぁ」

のっぴきならぬ様子に、寺の従者が門を開けた。吉右衛門は事情も告げず、境内に飛び込み、専好がいるはずの寺坊に向かい走った。その寺坊の扉も激しく叩く。

「専好様ぁ、娘が、専好様ぁ」

ダダダダダッ、と誰かが廊下を走ってくる音が聞こえたと思ったら、専好が寝間着のまま飛び出してきた。

「まあまあ、どうしはりましたか」

専好は今しがたまで寝ていたらしく、目を擦《こす》りながら吉右衛門に聞いた。

「私、十一屋吉右衛門と申しまして、小間物屋を営んでおるものです。実は、私の娘が……私の娘の初が……」

泣きじゃくる吉右衛門は、もはや何を言っているのかわからない。

「十一屋殿、落ち着きなはれ。確か以前から娘御とお参りしていただいておったな。あの利発そうな娘御がどないしたんや」

専好は静かに、気のはやる吉右衛門を落ち着かせるように話した。吉右衛門が涙を拭《ふ》きながら目下の状況を説明した。

話を聞き終わった専好はうつむき、下唇を噛《か》みしめ震えていた。専好の目にも涙が光っている。専好は何かを決意したように言い放った。

「わかりました。十一屋殿。今からお初殿のところへ参りましょう」

「えっ、なんとっ、今から!」

吉右衛門は驚いた。吉右衛門は専好に「専好様の花をしばしお貸しいただきたい」と頼んだつもりだったのだ。

（まさか今から家《うち》へ来られるとは）

驚きと戸惑いのままその場で足踏みしていると、背後から専好が尋ねた。

「家には、床の間はあるか」

「一応、ありますが」

よしっと聞こえたと思うと、部屋の奥から手桶《ておけ》に挿した花々と、器が入っているだろう木箱を持ってすぐに玄関に現れた。おそらく明日、本堂に立てるはずの花材であったに違いない。

「お待たせして申し訳ない。さぁ十一屋殿。行きまひょか」

専好は花器の箱を吉右衛門に手渡した。持てと言っている。呆気《あっけ》にとられている吉右衛門を尻目《しりめ》に専好は寝間着のまま走り始めた。吉右衛門もあわててその後を追いかけた。

吉右衛門は先を走る専好の姿を見て唖然《あぜん》とした。専好は急いだあまり草履を片方しかはいていなかった。それでも気にすることなく必死で走り続ける。夜とはいえまだまだ暑い。すでに汗で寝間着の裾《すそ》が足にまとわりついている。

走りにくいなと吉右衛門が思った瞬間、先を走る専好は寝間着の裾を捲《まく》りあげ、帯にひっかけ完全に前をはだけ、それでも止まらず走り続けた。本当なら可笑《おか》しくてたまらない姿だが、吉右衛門も専好も何も気にしていなかった。

「お初ー！　待っとりやー」

吉右衛門の叫び声が、三条界隈《かいわい》に響き渡った。


吉右衛門と専好は玄関から飛び込むように家に上がった。

「お初っ、お初っ、六角さんの専好様が、専好様がきてくれはったで」

息を整えながら吉右衛門が初の枕もとで言った。少しうつらうつらとしていた初が、吉右衛門の声に目を開いた。家を出た時よりも明らかに衰弱していた。

「お初、専好様が今から花を立ててくださるぞ。お初のためだけにだぞ。お初、すごいな」

吉右衛門の目から大粒の涙がこぼれた。専好は両手を吉右衛門の肩にのせ、静かに隣に座った。まだ肩で息をしている専好の額からは大粒の汗が滝のように流れ落ちている。

「お初ちゃんがわしの花を見たいと言うてくれたんやな。おおきに、おおきに」

専好は優しい口調でそう告げると、初の頭を撫《な》でてやった。

「うち、専好さんの花が大好きやねん。わがまま言うてしもうた」

初は笑いながら、チラッと舌を出した。さっきまでのしんどそうな表情がいっぺんに明るくなった。

「よーし、六角さんの専好が、一丁花を立ててしんぜよう」

そういうと、専好は初の目の前で花材を広げ、花を立てる準備を始めた。初は嬉《うれ》しさをこらえきれず、重い体を起こそうとした。吉右衛門が後ろからひょいと抱え上げ、自分の膝《ひざ》に座らせた。

初の体の悲しいまでの軽さに驚き、吉右衛門は心の中で涙を流した。

専好が流れるような手さばきで花を立てていく。主役の花は木槿《むくげ》である。白と赤の花を使う。初夏に咲く木槿は、可憐《かれん》な表情の中に夏の日差しに真っ向勝負を挑むような力強さを秘めている。専好は滴る汗を拭こうともせず、花に新たな命を一心に吹き込んでいく。四半刻《しはんとき》ほどの間、専好は一言も発せず、部屋には花《はな》鋏《ばさみ》のパチンッという小気味良い音だけが響いていた。それをキラキラとした目で初が見つめている。吉右衛門は膝に座った我が子を力強く抱きしめていた。専好が言葉でなく背中で、花を立てるその姿で、「もっと生きよ」と初に力を送ってくれているように感じていた。

最後の一枝を切り、全体の調子を整えると、専好はそっと花鋏を置いた。そして初の目の前に花を運んだ。

「お初ちゃん、きれいやね、お父ちゃん」

「わぁ、きれい。きれい、はい」

初が、膝の上で振り返り、吉右衛門の顔を見上げた。

それは、普段、六角堂に供えられる花よりも随分小ぶりだったが、格調高い品の良い花だった。

専好は汗を拭《ぬぐ》うと花の横で居ずまいを正し、にっこり笑った。そして、ずいと前に乗り出し、初の顔に顔を寄せた。

「お初ちゃん。この赤いのがお初ちゃんでこの白いのがお父ちゃんや。はよう元気になって、またお父ちゃんと六角さんにおいでや」

血色の悪かった初の顔がパッと赤くなった。初は「専好さん、ありがと、ありがと」と何度も口にした。嬉しそうに専好も頷きながら吉右衛門に目をやると、吉右衛門は泣いていることを膝の初に悟られないように、必死で口元を押さえていた。何か話せば泣いていることを気付かれるので、礼も言えない。ただ、溢《あふ》れでる涙をこらえながら、何度も頭を下げるばかりだった。

初はその二日後、「ほんまにきれいな花やなぁ」と虫の羽音のように小さな声でささやきながら、静かに息を引き取った。

「初、あの世にはきっとお母ちゃんがおる。お母ちゃんと会《お》うて思いっきり甘えたらええ」

初の亡骸《なきがら》に、吉右衛門は手を合わせた。

「ほんまにええ花やな。なぁ、お初よ。今日の花も見事やわ。お前に見せたりたかったわ」

瞼に灼きついた初のかわいさが、六角堂の花と重なり、幾度となく、吉右衛門をせつなくさせた。

専好にとっては、今六角堂の本堂に立てる花も、十五年前幼い娘のためだけに立てた花も同じである。専好の花に対する考え方は変わっていない。常に命と向き合い、その花の命を最大限に引き出しながら、見る者にも「生きる力」を与える花。

それが目指すべき花であった。

そういう花をいけるためなら、一切の労を惜しまなかった。公家《くげ》や武家に限らず、町人や農民からの依頼であっても、専好は喜んで花を立てたし、そこへ出向いた。

その真っ直ぐな熱い思いは今も昔も変わらないが、誰でもそうであるように特に若い頃は、今にも増して情熱的であった。

十五年前のあの蒸し暑い夏の夜。突如、六角堂に駆け込んだ吉右衛門の涙と子を想う心は、あっという間に専好の心に火をつけた。そもそも情に弱く涙もろい性分である。一度火がつくとジッとしておれない。なりふり構わず、とにかく動く。人の命が容易《たやす》く儚《はかな》く消えていく時代である。僧侶《そうりょ》として花の人として専好は、自分の花で人を勇気づけ「生きる力」を伝えようと懸命だった。


池坊専好の立てた花を「立花《りっか》」と言った。その語源は「仏前供花《くげ》」にある。仏教伝来と同時に、仏前に花を供える「仏前供花」の習慣も伝えられた。通常、仏前には「香炉《こうろ》、蠟燭《ろうそく》、花」が供えられるのが一般的である。もちろん仏教伝来以前にも日本人は独特の自然観を持ち、自然を支配しようとするのでなく、自然を畏《い》怖《ふ》し、敬い、自然と寄り添う暮らしを営んできた。特に「常緑樹に神が宿る」という依代《よりしろ》としての植物観が古代からあり、自然界には八百万《やおよろず》の神がいると考えてきた。四季のある日本の自然観と「仏教伝来」による花を供える習慣から、日本独特の花、「立て花」が生み出され、やがて「立花」へと昇華していく。

足利《あしかが》家全盛期の室町時代、「仏前供花」の形式は座敷を飾る「座敷飾り」に発展していく。室町幕府や公家、有力大名にはお抱えの芸術集団「同朋衆《どうぼうしゅう》」がおり、決まりに沿った飾りを施していた。

その後、「同朋衆」の花を否定する人物が六角堂に現れた。それが池坊専応。専好の先々代にあたる人物だ。

池坊専応はのちに「専応口伝《くでん》」と呼ばれる花伝書を残し、それまでの座敷飾りは、ただきれいな花を挿しただけだと痛烈に批判した。

この「専応口伝」が書かれたのは、足利幕府の絶頂期から陰りがさしはじめた時代だった。池坊の花は、幕府、公家を中心に発展していった座敷飾りの流れとは異なり、町衆のための花だった。幕府の衰退とともに「同朋衆」も時代の表舞台から消えていき、対照的に町衆の花「池坊」に人々の注目が集まるようになっていった。

戦に次ぐ戦が繰り返された時代。しかも、戦いを繰り返していたのは武士だけでなく、僧侶が武装化したり、農民が一揆《いっき》を起こしたりと文字通りの戦乱の世だった。京の町でも、長引く戦乱の影響から人々の心は荒《すさ》み、不安は募るばかりの日々だった。

そんな時代だからこそ、池坊のもとには癒《いや》しを求めて、公家や武家から花を立ててほしいという依頼が引きも切らないのであろう。

戦乱の果てに命の儚さを知り、同時にその大切さを知る。寒さに耐え春には生き生きと葉を茂らせ満開の花を咲かせ、踏まれても切られても、上を目指して伸びていく草木に人々は勇気づけられた。また、廃墟《はいきょ》と化した町での暮らしの中に咲く一輪の花の可憐さに、ただ美しいと心震わせるだけでなく、移ろう命の中に明日への希望を見出《みいだ》したのであろう。

六角堂の花は、まさに人々の思い、人々の願いを背負う形で進化をつづけていた。ただ仏に花を供えるのではなく、花の命に明日への希望を重ねているからこそ、懸命に生きる人々の心を引き付けているのだ。

専好が生まれたころには、専応の活躍もあり、池坊は既に「花の名手」として認知され始めていた。その家に生まれた専好は、幼い頃より六角堂を守り、花の道を歩むように導かれてきた。僧侶としての修行、そして花の家を継ぐ者としての花の修業が少年時代の専好のすべてであった。

幸い専好は根っから動植物が好きな子で、飽きることなく山川に息づく命から庭、道端に咲く野花までも愛《いと》おしむ心根の優しい男児であった。専好の腕にとまった蚊が血を吸うのを見て専栄が叩《たた》こうとすると、「あかん、今、おいしく吸ってる最中やし、かわいそうや」と蚊をかばってやるほどだった。

専好のこの気質は、母親の影響だろう。本当に優しい母親であった。専好の父は、専好が七歳の時に病死していた。専応の二男として父もまた花の人であったと、ずいぶん後に母に聞いた。

母は花を生けることはなかったが、近所を流れる賀茂《かも》川の川原や東山《ひがし》、愛宕《あたご》山まで、幼い専好の手を引いてよく連れて行ってくれた。花の生け方ではなく、植物の面白さ、見方を自然な形で教えてくれたのかもしれない。

本格的な花の修業を始めたのは十歳の頃からである。十歳から十五歳までの五年間は母の元を離れ、先々代・専応の弟子であった専義《せんぎ》という寡黙《かもく》な男に預けられた。寝起きを共にしながら、僧侶としての修行と花の修業を並行して行った。専義は厳しく専好を育てた。まだまだ遊び盛りの専好にとって、専義と過ごした五年間は辛《つら》く厳しいものであった。ただ、持ち前の明るさと懸命な努力の甲斐《かい》あって、その上達ぶりは目を見張るものがあった。

（いつの日か自分も叔父《おじ》上のようになりたい）

若き専好は叔父であり六角堂の執行である専栄を目標に、必死に稽古《けいこ》した。

約五年の修業を終え、母の元に戻るころには既に一人前の働きが出来るほどに成長していた。

母の元に戻ってからの稽古は、六角堂本堂の東側にある「道場」と呼ばれる長細い大座敷で行われた。指導は専栄と専義があたった。

稽古は七歳年下の弟、専武《せんぶ》とともに行われた。体格に恵まれ健康そのものである専好に対して、専武は生まれつき病弱で、師の話の途中でめまいを起こし、花を生ける前に横になることもたびたびあった。顔も兄弟であまり似ていない。専武は背丈も低く痩《や》せていて、幼少のころには「この子は長くは生きられまい」と周囲の大人たちにささやかれるほどだった。

その日も専武は体調が悪く、「横にならせてほしい」と専義に願い出た。専義の虫の居所が悪かったのか、首肯せずにいると、そのまま専武は膝《ひざ》が折れるように倒れた。専好は介抱しながら専武に言った。

「専武、人はあれこれ言うが、専武の花はほんまにええ。『生の力』を感じさせる。名人になる素質はじゅうぶんにある。この先、専武の力が求められる時は必ず来る」

専好は専武の腕を認めていたのである。

少年期の厳しい修業の日々は、専好が二十歳を過ぎた頃から確実に専好の花を変えていった。

武将たちから叔父・専栄に届く座敷飾りの依頼を手伝い、また六角堂の本堂にもこの頃から花を立てるようになった。

決して慢心があった訳ではない。しかし、若き専好には漠然とした想いがあった。

（自分の花を自分らしく立てたい）

戦国時代の真っただ中にある武家の子が一度は「天下」という熱病におかされるのと同じように、専好の中にも想うところがあったのだ。

（人々の度肝を抜く花を生けてみたい）

花人なりの野望が、心の底に芽生えていた。

（天下一の花人と呼ばれたい）

そう思えば思うほど、さらに稽古に身が入る。

専好は自分なりの試行錯誤を繰り返していった。

【三】

天正十年（一五八二年）六月十三日。総崩れになった明智軍を秀吉軍が激しく追い立てていた。夜中になっても大山崎一帯には冷たい雨が降り続いている。

秀吉は大山崎の本陣で「明智光秀を討ち取った」という報告をいまかいまかと待ちながら、亡き主君、織田信長公のことを考えていた。

信長は秀吉のことを「猿」と呼んでいた。

秀吉は尾張《おわり》国に百姓の子として生まれ、木下藤吉郎《きのしたとうきちろう》と名乗り十七歳で信長に仕えた。

七歳で父と死別してからというもの、ただただ生きるのに精一杯であった。母を助け、妹や弟の面倒もよくみた。

「おっかぁ、きっとわしが出世して、絶対に楽させちゃるから、今は辛抱してくれよ」

「馬鹿だねぇ、そんな夢みたいなこと言ってねーで、手に職つけて、はよう大人になりんさい」

と、元気者の母親からはいつも叱咤《しった》されていた。

十五歳から約二年の間、針売りの行商として諸国を転々と放浪した。行商の親方は親切な初老の男で、尾張国の市や周辺諸国へ秀吉を連れて行っては、その国々のことを教えて聞かせた。

「美濃《みの》の斎藤道三《さいとうどうさん》、三河《みかわ》の松平広忠《まつだいらひろただ》、遠江《とおとうみ》の今川義元《いまがわよしもと》、そして尾張の織田信長。今は戦国下剋上《げこくじょう》の乱世。藤吉郎や。おぬしは商人でなく、どこかに仕官したいのであろう。であればよく見定めて仕官する先を決めるのだぞ。わしは戦は嫌いじゃ。だからどの国も勧めんがな」

秀吉は自分の足で諸国を歩き、親方の話を聞き、将来もっとも有望な国はどこかと考えていた。そして織田家への仕官を決めたのである。他の武将と違う頭の回転の速さ、柔軟さは、こういった経験を通して身につけたものだった。

「猿」と呼ばれる理由の一つは、何といっても品のない顔であろう。八の字にだらしなく垂れた太い眉毛《まゆげ》と、どことなくやつれて見えるこけた頬。別のあだ名が「禿《は》げ鼠」というから、よほど貧相に見えたのであろう。加えて幼少のころから両の頬が赤い。

背丈は低く、おまけに猫背で姿勢が悪かったのでなおさらだった。容姿だけを見れば、中国攻め三万人の総大将という雰囲気はなかったかもしれない。

しかし、誰よりも気の利く男で、人が気づかないようなところにまで機転が利いた。

信長の小者として仕え、清洲《きよす》城に出入りするようになり、普請奉行や台所奉行といった裏方を務めた。そして、「かゆいところに手が届く男」として、面倒な役回りを一手に引き受けていく。

田を耕し、野菜を作り、売る。また行商として、都市を回り、売る。そうした経験が実務によく生かされていた。

そしてどのような役目も見事に全うする。それだけでなく、さらに効率が上がるように、様々な改革を行った。そのうち家臣の中でも一目置かれるようになり、次第に信長に近い存在となっていく。

秀吉は、初めて信長に「猿」と呼ばれた時のことをよく覚えている。信長の草履取りとしてそばに仕えるようになってから間もなくのことであった。何より信長に顔を覚えてもらえたことを泣いて喜んだ。信長に「猿」と呼んでもらえることが本当に嬉《うれ》しくてしかたがなかった。母への手紙に、

「おっかぁ、昨日、信長様に猿と呼ばれた。わしゃ、嬉しい」

と書き送ったくらいだ。

信長も秀吉を可愛がった。信長が惚《ほ》れ込んだのは、かゆいところを察する能力と、強い功名心、そのために繰り出す抜群の知恵を持っていることである。杓子《しゃくし》定規な他の家臣たちとは明らかに違う発想力に惚れ込んだのだ。

その後の秀吉の快進撃はすさまじかった。まさに命をかけた戦での功名は、すべては「信長のため」であった。取り立ててくれた信長の恩に報いるため、秀吉は命を惜しまず働いた。

秀吉はどの戦場でも、一貫して信長の勝利に貢献している。

中でも元亀《げんき》元年（一五七〇年）の功績は特筆すべきものだ。すでに畿内《きない》の一大勢力に急成長していた信長は、自身を脅かす存在であった越前《えちぜん》の朝倉義景《あさくらよしかげ》の討伐に動いた。順調に朝倉領の金ヶ崎《かながさき》城を落として入城したのだが、ここで信長を震撼《しんかん》させ

る不測の事態が起こった。信長の妹、お市《いち》の嫁ぎ先であった北近江《きたおうみ》の浅井長政《あざいながまさ》のまさかの裏切りにより、完全に挟み撃ちにされたのである。

さすがの信長も挟み込まれては勝ち目がない。皆に告げた。

「このまま戦ったのでは我が軍は全滅するであろう。退《ひ》くぞ」

「お屋形様！　しんがりはこの秀吉にお命じください。この秀吉、命にかえてもお屋形様を、織田軍をお守り致しまする」

秀吉は、信長の絶体絶命の窮地を救うために、撤退する軍を最後まで残って支える役目であるしんがりを申し出て、最も危険なその大役を、見事に果たしてみせたのだ。

これらの功績により、天正元年（一五七三年）、江北《こうほく》三郡を与えられ、琵琶湖北部に位置する長浜《ながはま》城を本拠地とした。当時、織田家の有力な家臣だった丹羽長秀《にわながひで》と柴田勝家《しばたかついえ》から一文字ずつをもらい、木下から羽柴と姓を改めた。信長配下の古参の武将たちと百姓出身の秀吉が肩を並べるのは、この時代においては奇跡に等しい。

しかし秀吉は信長のみを見つめ、信長にしがみつくようにして、出世の階段を猛烈な勢いで駆け上がったのである。自分を取り立て、ここまで育ててくれた信長。命にかえても信長を守り、どのようなことでも役に立つことこそが自分の最高の喜びであり、信長に対する恩返しだと思っていた。

反面、その出世の速さは周囲の妬《ねた》みを生み、同僚たちは「百姓の分際で」と陰口をたたいた。

ある戦の祝勝会の席で、同じく信長に仕え、信長の周囲に付き添う馬廻《うままわり》から出世した佐々成政《さっさなりまさ》が秀吉を大声で「猿」と呼んだ。この成政も、同じく信長への忠義心では秀吉に負けていない。であるのに、秀吉ばかりを信長が褒めるのが面白くない。

真っ直ぐな男ではあるが、酒癖が良いとは言えなかった。

「秀吉は猿じゃ。田舎の猿じゃ。猿ばかりが褒められる。なぜじゃなぜじゃ」

酔った成政が、本人を前に大きな声で叫んだ。

「なんじゃと成政、猿と呼びよったな。猿と」

秀吉は烈火のごとく怒り、成政に飛びかかった。成政はこれぞ武士という体つきで、長身の上、胸板の分厚さが自慢の男だ。とてもではないが、小男の秀吉が敵《かな》う相手ではなかった。しかし、秀吉はなりふり構わず飛びかかったのである。その場は一気に熱気を帯び、酔った侍たちが周囲でけしかけた。

「いけ、成政、猿を退治してしまえ」

「酒の席は無礼講。成政、やってまえ」

秀吉を妬む者たちから成政を押す声がわっと湧き出た。明らかに秀吉に分が悪い。

佐々成政は頗《すこぶ》る酔っていた。すでにじっと立っていられないほどであった。それに対して秀吉は実は至って冷静であり、すでに成政が酔っていると見越して飛びかかっている。秀吉は成政に馬乗りになる格好で、襟元を締めあげた。

ようやく周囲にいた者たちが秀吉を取り押さえ、二人を引き離した。

「おのれ成政。己ごときに猿呼ばわりされる筋合いはないわ」

秀吉は一喝した。

実はこういう場面も、秀吉にとっては計算の範囲であった。飛びかかりながらも、酔った勢いと見せながらしっかりと意識があった。たとえ自分が成政を怒鳴っても酒の席であり、お互い許されるだろう。計算高い秀吉の狙いは、この機会を利用して、周りの家臣どもに自分を猿呼ばわりするなと意思表示することだった。

秀吉の「猿」と呼ばれることへの嫌悪感は本物である。秀吉にとって、自分を「猿」と呼んでよいのは主君である信長だけだった。

しかし、その後も陰口は消えなかった。

「猿、猿、猿だと。お前たちなんぞに呼ばれたくないわ。いつか見ておれよぉ」

口に出そうになるこの言葉を呑《の》み込んだ。

（今に見ておれ）

この気持ちが秀吉を強くした。どのような強敵と相対しても、絶対に乗り越えられると信じる原動力となっていた。そして、その意志はいつしか権力に恐ろしいまでに固執する性質を作り上げていく。自分を猿呼ばわりした者を圧倒的な力で押さえつけるようになる。


六月十三日夜半。

ついに光秀を討ち取ったという報《しら》せが、秀吉の元へ届いた。

周囲にいた家臣たちは、肩をたたき合い、お互いの健闘を讃《たた》え、歓喜に包まれた。

そのなかでも最も強い存在感を誇る石田三成は秀吉を見た。秀吉は、仁王立ちになり外を眺めていた。本来なら、戦に勝利したときには唄《うた》え踊れのドンチャン騒ぎを自らが中心になって行わねば気が済まない性分だ。だが、秀吉の視線の先には真っ黒な藪《やぶ》しかない。戦に勝ったというのに暗闇をじっと見つめている。

庭のかがり火がバンッと大きく爆《は》ぜた。銃声かと、一同が中庭を振り返る。それまで沈黙していた秀吉が大声で言った。

「皆の衆、よくやった。今宵《こよい》は大いに騒ぎ、勝利を祝うがよい。兵たちの労もねぎらってやれ」

秀吉は兜《かぶと》や鎧《よろい》を脱ぎ捨て、ドスンと床に落とした。小姓たちがさっと近づき、鎧一式を片付けた。秀吉は振り返ると、家臣の皆に安堵《あんど》の表情を浮かべてみせた。それを見た皆が、

「お～、えいえいお～」

と勝ち鬨《どき》をあげた。

純粋な男たちである。殿の笑顔がどれだけ嬉しいか。再びお互いを讃《たた》えあう家臣たちの輪から、秀吉は一人離れた。

東の雲間から、上弦の月が少しだけ顔を見せた。一瞬だけ差し込んだ月明かりに雲と雨が照らされている。どうやら明日《あした》は晴れそうだ。

着替えをし、庭を横切り、秀吉は小さな茶室にいた。寂《さ》びた小さな庵《いおり》であった。躙《にじ》り口から中に入った秀吉は、自ら小さな口の花挿しに撫子《なでしこ》を一輪挿すと、桐箱の蓋《ふた》を開け、信長から賜った茶碗《ちゃわん》をそっと取り出した。これは先の戦の褒賞として拝領したものだ。秀吉にとって特別な思いのこもった茶碗である。丁寧に取り出すと、両手で茶碗を撫《な》でながら、

「お屋形様……。私が援軍を所望したばっかりに、このような結果に……」

と、うわごとのようにつぶやいた。

両目から堪《こら》えていた涙が溢《あふ》れ頰を滴り落ちる。茶碗に数滴の涙が入った。それを秀吉は丁寧に懐紙でふき取った。

既に炉には炭が入れられていた。釜《かま》がコトコトと鳴り、シューっと湯が沸く音が茶室にこだまするように響いた。秀吉は慣れた手つきで黙々と茶をたてていく。信長の「名物狩り」の様子をまぢかに見てきた秀吉は当初、ただの茶を飲むのになぜそのような高価な道具や所作が必要なのか全く理解できなかったし、自分には無縁だと思っていた。ところが、時間の経過と共に、同じ家臣たちの中でも先輩だった柴田勝家や明智光秀らが信長からいわゆる名物をもらい、茶の湯を行うことを許可されていく。許しをもらった家臣たちは得意になり、茶の湯を楽しみ、茶会を開き人をもてなした。

「なんであろう。茶の湯というのは」

この時代、世にいう名物名器を多く持っている者こそが権力者であり、名物狩りを断行した信長こそがもっとも大きな権力を握っているといってよかった。

そうなるとこの男、本来が強欲ゆえに半ば「茶の湯の許しが欲しい」という一念で戦に励んだ時期もあった。茶の湯へのあこがれは命がけであった。

信長から初めて茶会の許しをもらった日、嬉《うれ》しさのあまり昼から夜まで一日中、震えが止まらなかったことを思い出す。

信長から賞与されたその茶碗に小気味よく茶をたてる。静かに茶筅《ちゃせん》を置き、誰もいない客席へ茶を差し出した。

「お屋形様、どうぞ。この秀吉の茶をお召し上がり下され」

急に時間の流れが緩やかになり、先程まで気持ちの中にあった喧騒《けんそう》が消え、すっと静かになった気がした。秀吉にはこの狭い茶室が、今、一つの宇宙のように、まったく別空間であるように思えていた。確かに秀吉はその茶碗の向こうに信長を見ていたのである。

「お屋形様、仇《かたき》は討ちました。喜んで頂けますか……。お屋形様の天下統一のご遺志、私めがこの命にかえても果たします」

もう涙はなかった。秀吉は茶碗に一礼をし、そのまま茶室をあとにした。この天王山の茶室で秀吉の心は決まった。

「お屋形様に成り代わって、この乱世をわが手中におさめようぞ」

長かった雨がようやく上がった。先ほどの上弦の月がすっかり顔を出し、深い暗闇の世界をゆっくりと照らし始めていた。

【四】

本能寺の変で織田信長が倒れる二十数年前の話である。

二十四歳の専好には、ある人物との運命的な出会いがあった。

永禄《えいろく》三年（一五六〇年）五月。初夏を迎えた京に、遠く尾張の清洲城から「池坊に花を立ててほしい」という依頼状が届いた。清洲城と言えば、飛ぶ鳥を落とす勢いの織田信長の居城である。早速、叔父《おじ》の専栄は専好と専武、それに数名の弟子を引き連れて、清洲城へと向かった。

専好の胸は高鳴った。京でも噂の織田信長とはどのような人物だろう。

旅路は順調だったが、清洲城からほど近い宿場町まで来たところで、専栄が風邪をこじらせて寝込んだ。道中、雨に打たれたのがまずかったらしい。高熱により意識が朦朧《もうろう》とする中、専栄は専好と専武を寝床に呼び伝えた。

「織田信長公に対して、今更断りなどいれられぬ。専好、お前が花を立てなさい。そして専武、お前はしっかりと兄を助けなさい」

どのような境遇にあっても、さほど緊張などしない専好であったが、この時ばかりは眠れなかった。今、最も勢いのある信長の居城に花を立てるという、またとない機会である。

明朝、専栄を残して、専好は専武と叔父の弟子たちを引きつれ、清洲城へと急いだ。

城が近づくにつれ、誰もが自然と無口になり、顔が強張《こわば》る。

「兄上、腕が鳴りますなあ。私は口から心の臓が飛び出しそうです」

専武がわざとおどけて、口を押さえてみせた。専好の緊張をほぐそうと明るく振る舞っている。一同の顔に笑顔の花が咲いた。

「専武、体はどうや。今回だけは倒れるなよ。今回の仕事は専好一世一代の大仕事よ」

専好も思わず笑顔になった。

正午、清洲城下の宿に荷物を下ろすと、早速近くの山へ分け入った。材料となる松を求めてである。清洲城の座敷には幅十三尺という大きな花を生ける。一枝一枝、厳しい視線を送りながら見極め、なるべく力強い枝ぶりの松を選ぶ。こだわりにこだわって切り出した松の枝は二十本にのぼった。弟子たちに交じり、専好自らもその枝を担いで山をおりた。すでに日は沈み、あたりは静かな闇に包まれていた。続いて、清洲城近くの池で菖蒲《しょうぶ》の花葉を頂戴《ちょうだい》した。宿の外の軒下には桶《おけ》がいくつも並べられ、切り出された松や花葉が水につけられた。

その夜、星がこぼれ落ちてきそうな夜空を眺めながら、心を静めた。しかし、胸の高鳴りはとまらない。寝なければと思えば思うほど寝られなくなった。専好は珍しく酒を頼んだ。普段自ら好んでは酒は飲まない。

「いよいよやな」

とつぶやき、一口に飲み干した。三杯も飲むと酔いが程よく回り、あっさりと眠りに落ちた。兄が気になった専武がそっと襖《ふすま》を開けると、専好は寝間着の前を大きくはだけ、腹を丸出しにして眠っていた。

「まったく……」

半ばあきれながら、掛布団を掛けてやる。

「兄上、頑張りましょう。きっと素晴らしい花になる」

専武は耳元で暗示でも掛けるようにそっとつぶやいた。

翌朝、日の出とともに清洲城へ入った。師に代わって専好自らが花鋏《はなばさみ》、鋸《のこぎり》、鉈《なた》、鉋《かんな》を駆使し、花を生け進める。専好は完全に舞い上がっていた。初めて自らが指揮をとるのである。まして場所はあの信長の居城。いやが上にも力が入った。

専好は一瓶の要《かなめ》「真《しん》」とする松の枝を手にした。昨日山から切り出した見事な曲がりを見せた松である。目を閉じ、逸《はや》る気持ちを落ち着かせるために大きな深呼吸をした。

「よしっ」

気合いをいれると、松の枝に目をやった。その眼差《まなざ》しの厳しさに、専武をはじめ弟子たちにも気合いが伝播《でんぱ》する。松を空《くう》に翳《かざ》し、無駄だと思った枝を躊躇《ためら》うことなく切り落としていく。一度切ってしまったら元には戻らない。切るか残すかの見極めは、花を生ける醍醐味《だいごみ》でもある。

最初の松一本を瓶に立てた。何もなかった座敷に風を感じさせた。その松に、今が盛りと咲き誇る菖蒲の花葉を取り合わせる。菖蒲は「勝負」に通じるとされ、菖蒲の葉は刀を象徴した。この清洲城に立てる花は信長の武運を祈る花であった。

清洲城の大広間に、そこにいる誰もが見たこともないような巨大な花が姿を現していく。専武も弟子たちも専好の躍動する姿を頼もしく感じ、自分に与えられている目の前の作業を一心不乱に務めた。

西の空が茜色《あかね》に染まるころ、大広間に見事な花が完成した。幅十三尺、高さ六尺を超える大作であった。真の松の枝は、専好の心の高揚をそのまま映し出したかのように大きく力強く伸び、空間を満たしていた。その松に対照させたのが、紫と白の菖蒲。まさに旬を迎えた菖蒲が生き生きと咲き誇り、淡いピンク色の躑躅《つつじ》が花瓶口を引き締めた。ちょうど五月の季節をとらえた艶《あで》やかな立花に仕上がった。

専好は額に滲《にじ》んだ汗をぬぐいながら専武に言った。

「どうや専武。度肝を抜くような花になったんとちゃうか」

その言葉には自信がみなぎっていた。専武は大きく頷《うなず》き、「うん、うん」と言葉にならない返事をした。専好は今日の材料を最大限に生かすことができたと満足していたし、専武をはじめ弟子たちには心からの感謝の気持ちを持っていた。

「最後の仕事や」

そう言って専好は、花の後ろに掛け軸をかけた。一羽のたくましい鷹《たか》が描かれている。

生けた松の枝にとまった鷹が獲物を狙っているように見える。鷹狩りの好きな信長を喜ばせるための専好の演出であった。

専好一行が道具や残った花材を片付けながら、最後の仕上げ作業をしている時、男が一人、音も立てずに大広間へ入ってきた。その男は何も言わず花の前に座し、しばらく専好たちの様子を眺め、正面の花を見上げた。武士ではなさそうな雰囲気の男であった。物静かで、年のころは専好より一回りほど上に見えた。しばらくして、男は専好に声を掛けた。

「池坊専栄殿は今日はお越しとちごうたんですか」

すらりと長身のこの男は大坂訛《なま》りで言った。

（誰や。人の花を見るなり「専栄はどうした」とは失礼であろう）

専好は内心穏やかではなかったが、無視できず答えた。

「専栄は清洲城のそばまでは来ておりますが、急な熱病に倒れ、床に臥《ふ》しております。そこで、専栄の甥《おい》、池坊専好が今回の座敷を飾らせて頂きました」

自分の気持ちを抑えながらも、やや気分を害していることを伝えようと、少々声を荒らげて答えた。

「おぉ、そなたが京で今評判の専好殿でございましたか」

男は改めて花をゆっくりと眺めた。

まるで遠くの山を眺めるような仕草が印象的だった。ただし、その眼光の鋭さは、専好も一瞬ひるむほどだった。男は何も言わずに立ち上がり、専好に深く一礼をし、身を翻しその場を立ち去ろうとした。

「お待ちくだされ」

専好が静かに呼び止めた。男は振り向くことなくその場に立ちどまった。

「貴方様《あなた》の感想がききたい。この花をどう思われた」

専好は慢心していた。自分でも最高の出来だと思っている花だ。

男はやはり振り返らずに言った。

「さすがは池坊専好さんや。松が生きているようや。いや、生きている時以上に生きている。躍動感が違う。枝の選定からその捌《さば》き方。並の人物にはできません。やはり同朋衆の座敷飾りの花とは違いますなあ。評判以上の花、見事です」

(そうや。それみたことか)

専好がそう思った瞬間、男は「ただ……」と含みのある言葉を続け、そこで止めた。

「ただ、なんですか。そのような話を途中でやめられては困ります。話されよ」

男は耳の後ろ辺りをぽりぽりかきながら、しまったといった態度を示している。専好はさらに迫る。男はくるりと振り返って、専好を見つめる。やはり随分と背が高く、筋肉質だ。顔は笑っているが、目は笑っていない。

「ただ……なんや花が怖いというか。いつもの六角さんの花とは別人の花のように見えます」

信長公のために、いつもより心を込めて生けた花である。逆に気合いの入った花だから別人のように思われて当たり前だ。

専好は、平常心を装い、続けて男に尋ねた。

「貴殿のお名前は」

「宗易《そうえき》と申します。師匠のお供で先週からここにおります」

そう告げると男は、専好に改めて深く一礼し、ゆっくり頭を持ち上げた。すると先程の作品を眺めていた表情とは別人のような、なんとも憎めない笑顔を見せていた。相手の懐へするりと入っていく笑顔であった。

宗易は頭をぐりぐり撫《な》でながら、

「いやいや、これは失礼いたしました。お忘れください。評判通り、いや評判以上の花ですな、池坊の花は。きっと信長様もお喜びになるであろう。それでは」

そういうと、再び頭をぐりぐり撫でながら部屋を出て行った。専好は何も言い返せずただ見送るだけだった。

「宗易殿か……なんや変わったお人やな……」

専好の花の評判は、片付けが終わる頃には城内に広まっていった。評判を聞いた家臣たちが次から次へと大広間にやってきては、口々に「さすが京で随一の池坊の花である」と褒め讃《たた》えて帰っていった。

すっかり日も暮れた。宿に帰って、風呂《ふろ》を浴びた専好は、無事に終わったことを喜ぶ専武や弟子たちと食事をし、ねぎらった。しかし内心では、宗易のことがずっと引っかかっていた。

(宗易殿は何者なのじゃ。なんであんも言い切れるんや)

宗易のことを早く忘れて、専好は翌日に備えたかった。すべては信長公がどう言われるかだ。しかし「別人の花のように見えます」——その言葉が何度も脳裏に浮かんでは消えていき、なかなか寝付けない。やっと眠りについたのは空が明けようとしたころだった。

翌朝を迎えた。五月晴れとはまさにこれという青空が広がっていた。専好は特別に大広間に呼ばれ、信長の到着を待った。拝謁が許されたのだ。

小一時間ほど待つ。緊張した空気は、最高潮に達した。

——御成り。

その言葉に、場の空気は裂かれ、噂通りの歌舞《かぶ》いたいでたちの信長が座敷に現れた。正座をしながら大広間に待っていた一同は頭を下げ、床に額をこすりつける。専好もそうしながら、気づかれないように上目遣いに信長を見た。

（若い）

一目見て、専好は思った。勇猛果敢に今川義元を討ち取ったという話から、武骨で野武士のような大男を勝手に想像していた専好の前に現れたのは、細身で引き締まった体形の男であった。

信長の後から、数十人に及ぶ家臣たちが続いて大広間に入る。柴田勝家、丹羽長秀をはじめ、信長を支える猛者《もさ》たちが勢ぞろいしていた。

信長の御成りによって、一瞬にしてその座の空気が変わるのが分かった。威風堂々とした圧倒的な迫力と、刀のような鋭い目。今の勢いそのままが態度に表れていた。

この日、信長はことのほか上機嫌で、座敷に現れるとすぐに花の前にドンっと座り、しばし花を眺めた。口元をぎゅっとしめ、竹藪《たけやぶ》の奥に潜む生き物でも睨《にら》みつけるような目で作品を眺めた。しばらく無言で見つめていたが、突然、パシッと扇子で膝《ひざ》を打った。

「見事なり！」

振り返って一座を見渡し、脇に控えている専好を見つけると、

「おぬしが六角堂の池坊専好か」

と尋ねた。

「ははぁ」

そう言って専好は額を床に擦《こす》りつけた。

「良い花じゃ」大きな声でうなずきながら言った。

「紫雲山頂法寺六角堂執行池坊専栄の甥、専好でございます。お褒めにあずかり光栄でございます」

「益々《ますます》花の道に励まれよ」

「ははぁ。御言葉、承りまする」

上ずった声で専好が答えた。

(今ここで、あの信長公に認められた)

天にも昇る気持ちであった。同時に、脳裏に宗易の顔が浮かんだ。


その日の午後、一行は京への帰路についた。

専好は晴れ晴れしい気持ちであった。あの織田信長に褒められたのだから当然だろう。この花に携わった者なら誰でも嬉《うれ》しい。専武や弟子たちは口々に喜びを伝えあっていた。

しかしそれでも専好自身は、宗易の言葉が喉《のど》の奥にひっかかった小骨のように気にかかっていた。

その晩、宿に落ち着いたところで、ようやく元気を取り戻した専栄に、専好は宗易とのやり取りを話した。専栄は話を聞き終わると静かにこう言った。

「専好よ。花には必ず心が現れる。今日の花には花本来の姿を生かそうという思いより、自らの力を誇示しようという気持ちが出ておったのではないか。違うか専好」

(しかし信長公に認められました)

その言葉は口から出せなかった。

「信長公の度肝を抜きたい、認められたい、という慢心の気持ちを見透かされたんではないんか」

専好は専栄の指摘に思わず赤面した。

「花との対話を忘れ、花を生かすことを怠った。宗易殿はそれを言いたかったのであろう。つまりは心のない花であったということ。なあ専好。上には上がおるものじゃな」

専好は、体から力が抜けていくのがわかった。宗易の言った「花が怖い」という言葉が脳裏をかすめた。と同時に恥ずかしさに襲われた。晴れやかな専武たちを尻《しり》目《め》に、専好の気持ちは五月晴れとはいかなかった。

【五】


永禄四年（一五六一年）八月。

専好が清洲城で花を生けて一年以上が経とうとしていた。六角堂の境内は、耳を塞《ふさ》ぎたくなるほどの蟬の声に包まれていた。京の厳しい残暑の季節だ。盆地ゆえに風が吹き抜けない。

専好は京に戻ってからも精力的に花を生け続けていた。しかし、花を生けながらも、ふと手を止めては宗易のことを思い出すことがあった。

（なぜ宗易殿は、あの清洲城で私の花を見て、大事なものが花にない、つまり花の心がないと思ったんやろう。怖いお人や）

宗易の奥深さに恐れを感じる一方、あのなんとも人懐っこい笑顔に不思議と会いたいとも思っていた。

弟の専武は清洲城から戻って以来、会う人会う人に、清洲城での出来事を意気揚々と話して回った。

「兄上はすごいんやで。あの信長公に褒められたんや」

そう繰り返し話していたが、専好は一切話さなかった。宗易の指摘を思い出し、浮かれた気持ちにはなれなかったのである。


間もなく九月を迎えるというのに、なおうだるような残暑のある日、突然、一通の書状が専好のもとに届いた。

(もしかして)

勘は当たった。あの日、自分の心の昂《たかぶ》りを見透かしていた唯一の人物からの書状。専好は書状の送り主をもう一度確認した。

(やっぱり宗易殿や)

専好は書状を開けるのが恐かった。自分を見透かした人物である。また自分が傷つくのではないかという予感がしていた。おそるおそる文を開く。

(おっ、なんやなんや)

なんと、茶を飲みに来ないかという誘いだった。

（そうか、宗易殿は茶の人であったか）

人懐っこい人柄を感じさせるような軽やかな文字である。

（なんや。あっちも気にしておられたか）

自分が気になっていたのと同じく、宗易も自分のことを気にしてくれていたことが嬉《うれ》しかった。

書状が届いてから一週間後、専好は宗易が住む屋敷へ向かった。

この日も朝から厳しい日差しが降り注いでいた。宗易は玄関先で専好を出迎えた。あの無邪気な笑顔である。

「やぁやぁ、専好殿。お暑いですなぁ。ようこそ来てくれはった。さっ、どうぞお入りくださいな」

はじけるような口調の宗易に導かれるがままに、専好は茶室に吸い込まれた。庭全体を苔《こけ》が包み、緑一色の中に敷かれた飛び石にはしっかり打ち水がされている。先ほどの暑さが嘘のように、庭にはひんやりとした空気が漂っている。専好は目を閉じた。わずかだが、どこからか冷気を感じる。

そこには風があった。京にはなかなか吹かない風が、この庭にはあった。

茶室の床の間には、竹の器に短い薄《すすき》の葉と蕾《つぼ》んだ小菊が生けられていた。専好はじっとその花を眺めていた。薄の葉には、秋を思わせる風情を含ませている。暑い中を訪ねてくれた専好に対して、初秋を感じさせる花を入れておいてくれた。そういう気遣いが専好の心を打った。

宗易は茶を点《た》て、そして口を開く。

「専好殿、この花はいかがですか」

少し間をおいて専好は、

「気持ちよく、嬉しい花です」

心からの言葉であった。

宗易が嬉しそうに笑顔で言った。

「実は私は、ずいぶん前から六角さんの花が大好きで、京に上った際、暇さえあれば六角さんに出かけておるんです。専好殿の気負いのない花が以前から好きでしてね。なんちゅうか、形に捉《とら》われないというか、草木の姿と自らの意思でその枝葉は自由に動き、その中に力強い『生きる命』を感じます。それでいて、違う材料同士が、他と調和しゆずり合う。そんな謙虚な心を感じる花が好きなんです」

宗易はそこまで話したところで、茶を差し出した。

専好は、宗易の話に耳を傾けながら、しみじみ嬉しく思った。

「宗易殿が、以前から私を知っていたとは嬉しい限りです。そしてわざわざ六角堂に足を運んでくれていたとは知らんかった。あらためて礼を言わせて下さい」

自らも常々、生命の躍動を感じない型どおりの花ではなく、草木の生き様を表現したい、その姿になるべく手を加えず生かしてやりたいと思っていた。ところが、清洲城の花は、皆の度肝を抜いてやろう、自分の実力を見せつけてやろうという気持ちが先に立ち、花のことを考えるよりも、とにかく大きな花にしようとし、枝ぶりも自分で良いように作り替えてしまった。そういう点を、宗易は「別人の花のようだ」と感じたのであろう。

(未熟やなぁ、まだまだ)

宗易の指摘を思い出し、専好は素直にそう感じた。

出された茶を専好が飲み終わった時、宗易が言いにくそうに言った。

「専好殿……」

次の言葉を専好は待つが、出てこない。

「宗易殿、どうされましたか」

「実は専好殿にお願いがあるのです……」

宗易は間を置き、意を決したように言った。

「私に花を教えてくださりまへんか」

あまりの突然な申し出に専好も驚いた。年齢は十四も宗易が上である。

「立花をですか。また何を言わはります。宗易殿は既に茶の湯の道をお持ちやないですか。なのに一体なぜです」

「確かに私には茶の湯があります。そして専好殿には花がおありです。ふたつの道は違うようで、実は同じなのやないか、そう思ってます。専好殿の立花を追求する姿勢に、私は何度も感銘を受けました。その専好殿の美にもっと触れたいと思っているのです」

「そう言われましても、宗易殿……」

頭を掻《か》きながら専好は、答えに窮する顔をした。

「茶の湯の道を究めるためにも、専好殿より立花の美を学びたいんです」

専好は首を縦に振らない。

「まっ、何より専好殿の花が好きなんですよ」

宗易が子どものような笑みを浮かべた瞬間、専好は心のすべてを許した。

それ以来、宗易は時間があれば専好を訪ねるようになった。また専好も宗易の茶室を訪ねるようになり、それぞれが求める花の道、茶の道について意見を交わし、求める美について語り合うようになった。専好は宗易の求める美の世界に心惹《ひ》かれていった。茶の湯と花、土俵は違えども、相通じるものが多々あった。

宗易ともなれば、基本的な座敷飾りの手法は既に理解している。宗易はいま、座敷飾りというよりは、専好の生き生きとした生命感あふれる花について学ぼうとしていた。

専好は専好で、常々師である専栄の花を越えたいと願い、山へ分け入り、自然を見つめ、様々な枝葉に対峙《たいじ》した。宗易が六角堂を訪ねて来た日は、六角堂の道場には夜中まで灯がともり、花鋏《はなばさみ》の心地良い金属音が響いた。

出会いから三年が経ったある冬の日。

専好と専武、そして宗易が六角堂にある道場で三人そろって稽古《けいこ》をしていた。既に、夕食も終え、日もとっぷりと暮れていた。しんしんとよく冷える日で夜になってから雪が降り始めた。この日は良い松が手に入ったこともあり、稽古にも熱が入っていた。専好の松は右に大きく曲がっており、いかにも雨露風雪に耐えてきた松らしい姿であった。一方宗易の松は、あまり曲がりがなく、わずかに梢《こずえ》が左右にねじれた姿であった。花材を準備し、それぞれにあてがったのは専好である。

宗易は、先ほどから何度も何度もちらちらと専好の松を見ている。いっこうに宗易の手は進まない。何かもの言いたそうな宗易を見かねた専好が言った。

「宗易殿、早く生けねば今宵《こよい》は帰れまへんで」

宗易は、例の人懐っこい笑顔で、

「そうですねぇ。それは困りますなぁ。では、専好殿。この松とその松。取り換えては下さりまへんか」

そう言うと立ち上がり、専好の松を引き抜こうとした。

「いやいや宗易殿。何をしはりますのや」

慌てた専好は大声をあげ、宗易を軽く突いた。大柄な宗易が後ろによろけた。宗易は四十二歳、専好は二十八歳である。この年になって人に突き飛ばされることなどない。頭にきた宗易は、専好に詰め寄った。

「専好殿。なにも突き飛ばすことはないでしょう。突くことは……」

その様子を見かねた専武が、

「お二人とも、お止め下さい。まったく、大人げない」

年下の専武に大人げないと言われたことに、今度は専好が突っかかる。

「専武、兄に向かって大人げないとは何事や。だいたいなんやこの花は。元気がないんや元気が。もっとこう、伸び伸びと生けられへんかなぁ」

そう言って、専武の松を引き抜いてしまった。

「あっ」

専武が大きな声を出した。

「専好殿、それはあきまへんわ」

宗易が小さな声でつぶやいた。

これには普段おとなしい専武が立ち上がり、真っ赤な顔をして怒った。

「今日の私の花は、今まででも最高傑作になるかもしれへんと思いながら生けていたんですよ。それを……」

すでに涙声になっている。これはまずいと思った専好は、あっさりと謝った。

「専武、すまん。悪気はないんや悪気は。悪いのは宗易殿や」

「いいえ、兄上。今日という今日はゆるせません」

専武が専好を追いかけ始めた。道場はウナギの寝床のように長かった。

雪の降る夜中、大の大人が松を取っただの、そっちの松が良いだのと、たかだか松の枝ぶりで喧嘩《けんか》をするこの瞬間が、宗易にはたまらなく愛《いと》おしく感じられた。専好を追いかけていった専武の姿を見送りながら、宗易はそっと専好の松と自分の松を取り換えた。

「さて、もう一度最初から生けますかなぁ」

雪は翌朝まで降り続き、六角堂の境内はこの年初めての雪化粧となった。道場の三人は朝まで花を生けていた。東の空が白んできた。専好と宗易は目を擦《こす》りながら道場の扉を開け、六角堂の境内に出た。専武は力尽き、花の前ですでに眠りに入っていた。

宗易の花は、あの素晴らしい曲がりの松の姿を生かした大胆な花であったが、専好の花には、宗易が困った左右にねじれたどうしようもない松が使われていた。しかし、その扱いにくい松を立花の主役となるにふさわしい、堂々とした雰囲気に見事に生まれ変わらせていた。さすが専好といったところである。

本堂の中で互いの作品を見比べた後、何も言わずに自分の作品の前に座り、改めて眺めた。

「よし」

「宗易殿。良い松を使っただけあって、よいではないですか」

「なに、松のせいだけではないでしょう」

専好も宗易も充実した気分で満たされた。ここで緊張の糸がプツンと切れた。次の瞬間、二人はほぼ同時に後ろへ倒れ、そのまま深い眠りについた。冷え込みの厳しい本堂の中にもかかわらず。早朝の六角堂には二人のいびきが反響し合うように響き渡った。専好は寝ぼけて、かつて織田信長に褒められたように「見事なり」と言った。


専好と宗易が親交を深めていた当時は、激動の戦国の世。

信長は桶狭間《おけはざま》の戦いで今川義元を討ったことで、その支配下に置かれていた三河国の徳川家康と同盟を結んだ。その後、険悪となっていた美濃を攻め、尾張と美濃の二国を領《すき》する大名となった。

信長が凄まじい勢いでその勢力を広げ、岐阜城に入ってしばらくのち、宗易は地元堺の先輩茶人、今井宗久《いまいそうきゅう》の紹介で織田信長の茶頭《さどう》になった。それにより、宗易の茶の湯の評判もうなぎのぼりに高まっていった。早くから茶の湯に注目していた信長は、戦の褒賞として茶の湯の許しや茶道具を利用した。また、自身も茶道具収集には並々ならぬ情熱を燃やし、半ば強制的に人に寄進させてもいる。最も天下人に近い武将のそういった一連の行動により、茶の湯の価値は上がり、各武将が競って茶の湯を嗜《たしな》むようになっていった。

本能寺で明智光秀に討たれる前日にも、信長は自慢の茶道具を並べ、人々に披露していた。その最期は自ら本能寺に火を放ち、遺体が発見されなかったというほど凄《すさ》まじいものだった。名品と謳《うた》われた数々の茶道具とともに、その短くも苛烈《かれつ》な人生に幕を閉じることになったのである。

信長の死後、織田家の継承をめぐって激しい対立が生まれた。秀吉は、信長からの信頼が最も厚いとされていた筆頭家老、柴田勝家と対立を深め、戦の末についに打ち勝つ。その際、秀吉に勝利をもたらすうえで大きな働きを見せたのが旧友である前田利家《まえだとしいえ》であった。利家と秀吉は、ともに十代から信長に仕え、青春時代を戦いに明け暮れた仲であった。

こうして秀吉は、実質的に信長の後継者の地位を確立していった。そして宗易は信長亡き後、秀吉の茶頭になった。

信長の茶頭だった宗易は、自分を引き上げてくれた信長の仇《かたき》を討ち、信長を引き継いだ秀吉につくことは自然であったし、それが宗易の筋の通し方であった。

戦国武将たちの巻き上げる戦塵《せんじん》の裏で、茶の湯や座敷飾りの花が競われ、また大切にされた。傷つく人々が増えれば増えるほど、茶も花も磨かれていく。そういう皮肉な時代であった。

【六】

天正十年（一五八二年）六月二日、明智光秀の突然の謀反により、織田信長が本能寺でその人生を終えた。その時、本能寺のあった下京は、この騒動に巻き込まれ民家に火が回り、多くの町衆が家を失った。

専好の花材集めを手伝っている平太の住まいは、この頃ちょうど本能寺の裏手あたりにあったため、出火に巻き込まれ灰となってしまった。平太は病気がちな母親を背中にかつぎ、持てるだけの家財道具を持って逃げ出した。命からがら六角堂にたどり着いたのち、今は専好の好意で六角堂の寺坊に身を寄せている。それは平太親子だけではない。六角堂は、家を失った多くの下京の人々に一時的な住まいを提供し、さらに炊き出しも連日行っていた。

「皆さん、頑張ってや。へこたれたらあかん」

「ほら草花を見てみ、雨が降ろうと風が吹こうとじっと我慢して、春には満開の花を咲かすやろ。今は我慢や。きっと春はくるんや」

専好は、明日への希望を花に託し、皆を励ますように元気の良い花を毎日立てていた。

専好の叔父《おじ》で六角堂執行であった専栄は、信長よりも三年早くこの世を去っていた。生涯にわたり遠国に出向いては花を立て、厳しい旅程の果てに、池坊の花の全国伝播《でんぱ》に大きな足跡を残した人だった。

専栄亡き後、専好が執行を受け継いだ。花を立てるほかに寺の業務が加わり、雑事に追われる多忙な毎日を過ごしていた。ただ、どんなに忙しくても毎朝の供花《くげ》は欠かさなかった。

六角堂の紅葉が真っ赤に色づく季節になり、早いもので本能寺の変から四か月が過ぎようとしていた。

宗易に書状を送り続けているが返事はない。すでに何通の文《ふみ》を送ったことか。

「宗易殿は今頃どうしていはるやろか」

冬の気配を含んだ風が、紅葉の葉を一枚、また一枚と宙に飛ばしていくのを見ながら専好は呟《つぶや》いた。

本能寺の変以来ずっと、宗易のことが気になって仕方なかった。

宗易は信長の茶頭となってから、多忙に加え住まいが遠くなり、六角堂を訪れる回数もめっきりと減っていった。特にここ数年は信長を中心に厳しい戦が続いていたので、茶頭の宗易にとっても修羅場が続いているのではと心配が尽きなかった。

（一目でもお会いしたい）

切なる気持ちが心の中で巡るばかりであった。

そんな専好を傍らで見ていたおたみにとっても辛《つら》い四か月であった。本能寺の変の数日後から宗易の安否を求め、焼け跡付近を専好が歩き続けているのを、おたみは知っていた。

おたみが食事を準備しても、ほとんど手をつけない。好物の甘いものを出しても、深いため息を吐《つ》くだけで手をつけなかった。六歳の豊重までが専好の膝《ひざ》に座り、心配そうに父の顔を見上げていた。

しかし、なんとか六角堂執行としての日常は熟《こな》していた。参拝してくれる町衆にまで心配をかけられない。痛む胸を押さえつつ、健気《けなげ》に毎日の日課を消化していった。

専好の聞き得た話では、本能寺の変前日には信長自慢の茶道具が披露されていたという。しかしその場で宗易を見たというものはいなかった。

(宗易殿はきっと生きている)

専好は強く念じていた。

(ではなぜ、返信が来ないんや。もしや別の混乱に巻き込まれたのであろうか、それとも……)

悪い方へ悪い方へと思考が傾いていく。

思い出されるのは腹の底から響くような声、懐にポンと飛び込むような笑顔、そして共に花を立てた凛《りん》とした時間であった。

信長亡き後、謀反の張本人である明智光秀は時をおかず成敗されたものの、その後もまだまだ混乱は続いているようだった。

(何がきっかけとなって運命が唐突に変転するか誰にもわからない)

人の命の儚《はかな》さは、一輪の花の移ろう命と大して変わらなかったのかもしれない。

(もう一度宗易殿の茶を味わいたい)

死が人々のすぐそばに存在していた時代であった。

本能寺の変の折の大火から十か月が過ぎようとしていた三月の終わり。六角堂の桜が満開を迎えた日に、待望の娘が生まれた。桜子《さくらこ》と名付けられた。依然として宗易の消息はつかめなかったが、娘の誕生は専好を前向きにさせるのに十分だった。四月のある日、専好の弟子、薩摩《さつま》六助《ろくすけ》が茶会を開いた。本能寺周辺もその頃にはだいぶ復旧し、町人の多くは元の暮らしに戻りつつあった。

六助は三条室町の呉服商人で、専好たちの服も調達している。また、六助は人当たりがよく、それゆえに商売上手で京の隅々にまで客を持つ。その客のために六助は茶会を開くというのだ。

「次の茶会、どうしても専好様に花を入れていただきたいのです」

「六助殿、花の稽古《けいこ》も最近始めたんやから、自分で生けたらどうやろ」

「そんなこと言わんといてください。私の花やと、なんや、ただ切って挿しただけの花になるんですわ」

「そんなら、そこはまだ稽古が足らんゆうことや」

「そんな殺生な。わしの茶の師匠のそのまた師匠が来やはるんです。恥ずかしいことは出来しません。最高の花でもてなしたいんや」

六助が詰め寄る。専好は迷いながらも、結局、

「分かりました。引き受けましょう」と答えた。

六助は安堵《あんど》した表情で、「まったく専好様は冗談がきついわ」とつぶやいた。


茶会当日、専好は平太をつれて六助の茶室を訪ねた。深く苔生《こけむ》した庭に立つと、歴史の狭間《はざま》で揺れに揺れる激動の京の中心地であることを忘れさせる静寂につつまれていた。

平太が調達してくれた数種類の花材の中から、花入れに杜若《かきつばた》を一輪と葉を五枚挿し生けた。立花とは違い、楚々《そそ》と生けあげる茶席の花。平太はひたすら見惚《みほ》れている。

平太は、専武と同じ歳で、専好から弟のように可愛がられていた。幼い頃に父を亡くし、母親に女手一つで育てられた平太は、母親想いで心根の優しい男である。幼少の頃から専好にくっついて、東山連峰に登り洛外《らくがい》の池や田に花材を求めて歩いた。その経験から、今では「花材の調達」に関しては専好から絶大な信頼を得ている。

平太の楽しみは、これなら喜んでくれるだろうと思った花材を、専好が予想通り

使ってくれることである。これは素晴らしい、という枝ぶりの花材が入手できても、平太はそれだけを特別視せず他のものと一緒にして専好に届ける。自分の先入観を専好に押しつけたくないからだ。だが専好は、たくさんの花材の中からでも、平太がこれはと思った枝を必ず見つけ出してくれる。そして必ず、

「これは見事な枝ぶりやないか。わざと黙っておったな。平太、さては隠しておったな」

と、冗談を交えて褒めてくれるのである。

元来、無口で大柄な平太は、身をよじって照れ笑いをする。専好もそういう平太が可愛くてならない。

茶会が始まり中立ちも終わった。専好は控えていた奥の間からそっと茶室に戻り、水屋から中の様子を窺《うかが》っていた。亭主は六助で、数名の客と何か話している。何を話しているか話の内容までは聞き取れない。

その中に大坂訛《なま》りの者がひとりいる。腹の深いところから出てくるような落ち着きのある声。

（もしかして、その声は！）

専好は襖《ふすま》に走りより、耳を擦《こす》りつけるように当てた。

(間違いない。宗易殿の声だ)

六助が「師匠の師匠」と言っていたのは、宗易だったのだ。専好はそのまま、茶席に飛び込んでいきたい衝動を抑え、水屋の奥でひとり喜びをかみしめた。

(よくぞご無事でいてくれた)

この日、宗易は先輩茶人に誘われて茶会に参加していた。実はこうして京の町を訪れるのも随分久しぶりのことであった。

新しい主君となった秀吉は織田家の跡目争いに躍起になっており、ようやく柴田勝家との戦に勝利したところであった。自分を引き立ててくれた信長の死、そして新しい秀吉との関係など、心おだやかではなかったここしばらくの間、ひたすらに自らの茶の湯の世界を磨いてきた。

今日の宗易は内心、六角堂に立ち寄れることを期待してこの茶会に出向いていた。天下一の茶人に登り詰めようとしていた宗易は、立場的に以前のように自由に出歩く機会が減っていた。今日こそは六角堂に行き専好に会えると、朝から胸躍るような気分で六助邸を訪ねていたのだ。

客たちが茶室にそろい、六助が茶をたてふるまった。天下の茶人を前に緊張の色は隠せなかったが、よく稽古された所作である。静寂な空間で一服の茶を飲む茶の湯も、花と一緒で戦乱の世にあって、一時日常を忘れる瞬間であった。

中立ちのあと、宗易はゆっくりと床の間の花に目をやった。そして静かに、

「これは見事な花ですな。このお方に久しくお会いしておらんなぁ。今日あたりはゆるりとお会いしたいものやな」

と誰に言うでもなく言った。

この茶会に同座した人たちは、宗易が言っている意味がわからなかった。ただ一人、六助だけは、額の汗をぬぐいながら、落ち着かなげに視線を宙に泳がせていた。

茶会が終わり、宗易は六助に近づき小さな声で言った。

「六角堂の池坊専好殿が居るのではないかな。のう、六助殿」

(やはり見透かされてたか)

六助は、逆に開き直り、宗易相手にしらを切った。

「宗易様、なんでそのようなことを」

「ほほう、六助殿、しらをお切りになりますかな」

宗易は確信している。あの床に生けられた花は間違いなく専好のものだと。真っ直ぐな目で六助の目を静かに見つめている。

そのなんでも見透かしてしまうような深い茶色の目にとらえられては、嘘をつきとおせるはずがない。

六助の額から一筋の汗が流れ出し、頬を伝い、顎《あご》から滴が落ちたその時、水屋の戸が開き、専好が出てきた。

「六助、宗易殿はすべてお見通しですぞ。悪あがきは見苦しいですぞ」

そう言うと、専好は六助の右の肩を二度ほど叩《たた》き、

「見事な茶会、よく稽古されたんですな。ご苦労さんでした」

と、亭主の労をねぎらってやった。

その様子を黙ってみていた宗易が、大きな声で専好を呼んだ。

「専好殿!」

はじけるような笑顔で専好に歩み寄る。先ほどまでの天下一の茶聖としての宗易とはまるで別人のようであり、その様子を目にした六助は呆気《あっけ》にとられていた。

「宗易殿!　ご無事でございましたか。いやいや、心配しておりましたで」

専好の目に涙がきらりと光った。二人は久々の再会を心から喜び合った。

(花を見ただけで専好様の花だと見抜くとは。なんという人たちだろう)

この様子を水屋から見ていた平太は思った。

（花だけで専好その人を言い当てた宗易様の眼力もさることながら、花だけで自分の存在を示した専好様のずば抜けた実力も凄《すご》いものだ）

それから二年後、天正十三年（一五八五年）、宗易は禁中で開催された茶会の折、正親町天皇から「利休《りきゅう》」の居士号を賜り、名実ともに日本一の茶人と言われるようになった。また、関白《かんぱく》となった豊臣《とよとみ》秀吉の側近として、諸大名に絶大な影響力を持つようになっていった。まさに秀吉と利休の蜜月《みつげつ》の時である。

【七】

秀吉の快進撃はとどまるところを知らなかった。まさに昇り龍《りゅう》のごとき勢いである。

天正十一年（一五八三年）には、自らの居城として豪華絢爛《けんらん》な大坂城の築城に着手。その翌年の小牧《こまき》・長久手《ながくて》の戦いを経て徳川家康を臣従させるとともに、紀州征伐、四国攻めと、着々と支配勢力を広げ、ついに関白へと登りつめる。関白になった秀吉は豊臣姓を名乗り、豊臣秀吉となった。

百姓であった自分を取り立て、大名にしてくれた織田信長が自刃してから、わずか三年後のことである。

（信長様の遺志を自分が継ぐ）

そう天王山の茶室で決意した時から、秀吉の脳は猛烈な回転を始め、ありとあらゆる方法でそれを実現させていく。その回転はやむことがなかった。一般的な武将としての教育を受けていない秀吉は、従来の風習や慣例に縛られることのない柔らかい頭を持っていた。

しかし、絶大な権力は人を変える。関白となったこの頃から秀吉は癇癪《かんしゃく》を起こしやすくなり、気に入らない人や物が現れた場合には、その存在までをも一切認めず、この世から消し去ろうとするようになった。

信長がそうであったように、秀吉も自らの力を誇示するがごとく、すべてにおいて豪華さにこだわった。服装、装飾品、建築、そして茶道具。あらゆるところで自分の「美」を見せつけようとした。金に糸目をつけない。その美が独創的であればあるほど、人々は、

「さすがは関白殿下。恐れ入りましてございます」

と秀吉にひれ伏す。たとえそれが本心からの褒め言葉であろうがなかろうが、だれも秀吉に本音を言わない。逆にもし秀吉が「美しい」と思っている物にケチをつけたなら、容赦なく処罰されるであろう。ひどい場合は即刻打ち首、しかもその妻子にも刑が及ぶ。

やればやるほど皆が褒める。元来、お調子者である秀吉は、次から次へと発想を

広げていった。

その最たるものが「黄金の茶室」であろう。信長以来、茶の湯が政治外交に大きな影響を与える時代に、茶室を黄金で造るという発想こそが、関白秀吉の真骨頂であった。秀吉は「黄金の茶室」を造るよう利休に命じた。

「利休よ。誰もまねのできない茶室を頼むぞ」

(出来ぬ)

秀吉の話を聞いて即座に利休は思った。というのも、すでにその頃、利休は「侘《わ》び茶」の新境地に達しようとし、美への思いが秀吉とはまったく異なっていたのだ。日々死と隣り合わせにある武士にとって、明日という日は確かなものではない。また、下剋上《げこくじょう》のこの時代、今日の友が明日の敵となるやもしれない。そんな時代の果てに利休が行き着いた茶の湯の心得が「一期一会《いちごいちえ》」であった。無駄なものをなるべく削り、ただ豪華で高価なものではなく、謙虚な心で大切な客を精一杯もてなすことこそ美しいという価値観を尊重していた。

また、茶室の中では武士、たとえ関白秀吉であろうとも平等な一人の人であるという考えから「躙《にじ》り口」を考案した。低く屈《かが》まねば入れない小さな入り口で、にじる様にして室内に入ることになる。腰に刀を差したままではくぐれないため、武士であろうとも刀を置いて茶室に入る。さらに、利休の茶室は狭く、二畳のものもあった。狭い空間だからこそ、主人と客人が裸の心で向き合う濃密な空間が生まれるのである。

無駄を極限までそぎ落とし、侘びを突き詰めようとしていた利休にとって、秀吉の黄金の茶室は文字通り対極にある代物であった。

（黄金で茶室を造るなどもってのほか。私には造れない）

利休はどう断ればいいか迷っていた。

（そもそも私は、信長公に誘われ茶頭《さどう》となった。秀吉殿ではない）

心の中で秀吉への嫌悪が広がる。

利休が秀吉に初めて会ったのは、まだ羽柴でなく木下姓の頃である。赤ら顔の若者は、見るからに田舎侍で、美について語るなど片腹痛かった。信長に、

「おい、猿っ」

と呼ばれていた情景が今も利休の脳裏に焼き付いている。関白となった今でも、利休にとっては心のどこかで「猿」のままだった。

（黄金の茶室とは愚の骨頂。成り上がり者が考える美としては極みであろう）

「秀吉様、お言葉ながら別の者にお命じくださらないでしょうか。黄金の茶室など

私めにはとても発想できません」

利休は礼を尽くして丁寧に言った。黄金の茶室に利休はどう考えても乗り気になれなかった。

しかしそのようなことを秀吉が許すはずもなく、

「何を言う利休。天下一の茶人にわしは頼みたいのじゃ。いや、天下一の茶室を天下一の茶人が造らずして誰が造るのじゃ、頼んだぞ」

秀吉にとっては、利休を自らの手中においていることこそが自慢であった。

（黄金の茶室で、どのようにして心静かに主客が対峙《たいじ》し、茶が飲めようか）

利休は内心、自分の目指している茶の湯の価値観との溝に納得できなかった。

その様子を常にそばで冷静に見ている男がいた。石田三成である。

石田三成は十五歳の時から秀吉に仕え、関白への道のりを常に陰となり支えてきた。

秀吉様のためなら、という思いから、時には血なまぐさい手荒なことも黙ってやってきた、豊臣家随一の切れ者である。

「利休殿、お言葉ですが関白殿下に対して、その言いぐさはいかがなものでしょう」

表情一つ変えずに、利休を見据えた。容赦なく突き刺すような、抜き身の太刀のような眼差《まなざ》しだった。利休は三成が嫌いだった。

「いやいや、石田様。私は茶人でしてな。武家の貴方様方《あなた》とは、ちと違います。関白殿下と私にしかわからん世界の話ですよって、堪忍してくださ い」

皮肉たっぷりの言いように、さすがの三成も顔を強張《こわば》らせた。

「ええい、やめよやめよ、二人とも」

見かねた秀吉が両者の間に割って入った。

「とにかく頼むぞ、利休」

ほどなく利休は黄金の茶室を不本意ながら完成させ、秀吉を大層喜ばせた。

しかし、その随所に利休らしさをちりばめたあたりが、天下一の茶人と称される所以《ゆえん》であろう。

第一に茶室を分解して移動できる組み立て式にしたことである。おそらく秀吉は自慢したくてしょうがないであろうことを察している。

第二に、三畳の茶室にしたことである。黄金に囲まれた茶室ではあるが、狭い空間であれば、主客の心も通じ合えるのではという、利休のせめてもの自己主張があった。

秀吉の天下が強固になるにつれて、秀吉にものを言える人間は次第に減り、苦言を呈することができる者といえば、茶頭の利休と加賀《かが》の前田利家くらいとなっていた。

前田利家は、若かりし頃「槍《やり》の又左《またざ》」の異名を持つ歴戦の強者《つわもの》であった。短気で喧嘩《けんか》っ早く、派手ないでたちを好んでする「歌舞伎者」だった。そのため、織田家家臣の諸侯からは「異端児」として扱われた。二十二歳の時、諍《いさか》いを起こし信長の茶坊主を斬《き》り捨てたことで信長の逆鱗《げきりん》に触れ、織田家追放の処分を受けたこともあった。その点、秀吉も「百姓の猿」だったから、二人はどことなく意気投合したのだろう。また互いの正室が茶飲み友達であったことも、二人の良好な関係に拍車をかけていた。

この前田利家もご多分に洩《も》れず、信長の茶の湯に憧《あこが》れていた。そう考えると信長の茶の湯を利用した「茶湯御政道」は人心を集め、功名心を煽《あお》り、見事な効力を発揮していたと言える。信長に仕えていた若い衆は、いつの日か自分も、と茶の湯の許しをもらうことを夢見ていた。

だが功が認められ、信長から茶の湯が許され、いざ自分で茶をたててみると、まるで出来ない。そのため、利家は密《ひそ》かに利休を呼び、茶の湯の手ほどきを受けた。

もともと「歌舞伎者」として名をはせただけあり、肝っ玉の太い男であるが槍を扱うようにはいかなかった。湯をこぼしたり、茶筅《ちゃせん》を落としたり、優美な所作どころではない。しかし利休はそんな利家に昔から好意を抱いていた。奇をてらったこともするが、いつでも大真面目な男で実直だった。

この男にとっては、茶室で茶の湯の点前《てまえ》を習うことも、茶を振る舞うことも戦と同じなのだ。

「真剣勝負ほど面白い物はない」

と利家はいつも言う。

もうひとつ良いのは、この利家という男には、この男なりの一つ筋の通った「美」があることだった。

年齢を重ねるとともに利家も大名となり、血気盛んだった「槍の又左」もいつしか「美の追求者」となっていく。面白いものだと利休は思った。

利家にとって、利休との出会いにも増して人生を変えたのは、池坊専好の花であった。

清洲城で信長が褒めたあの専好の花を、利家ら若手は末席で見つめていた。青々と悠久の時を刻んだ常盤《ときわ》の松が躍動し、その梢《こずえ》を天に伸ばそうとする姿。常盤の松に対して、一瞬の命を謳歌《おうか》せんと咲き誇る菖蒲《しょうぶ》。松の枝に優雅にとまりし鷹《たか》。利家はいまだかつてあの日の花を超える花に出会っていない。今思い返せば、利家の脳裏に焼き付いたあの日の専好の立花は、「天下布武」に想いを馳《は》せ時代を駆け抜けていった信長のようだった。

利家が三十二歳で家督を継いだ頃のある茶会の席で、まだその当時信長の茶頭だった利休にきいたことがあった。

「私は、今から八年ほど前に清洲城で見た花に、いまだに心を奪われておる」

「ほう、槍の又左と恐れられた前田様の口から花の話が聞けるとは思うてもおりまへんでした」

すぐに利休には察しがついた。池坊専好のあの立花のことであろう。

「宗易殿は池坊専好という見事な花を立てる僧をご存知か」

ほらきた、と利休は思った。そして嬉《うれ》しそうな笑顔で話し始めた。

「前田様、さすがでございますな。私もあの花に魅せられた一人です。六角堂の専好殿は私の立花の師匠ですわ。私もあの池坊専好殿の生き生きとした花を極めてみたいと思うていましてな。しかし、あの花は、少々教わったぐらいでは立てられませぬ。今、おそらく専好殿の花はあの清洲の花よりさらに磨きがかかり、従来の同《どう》朋衆《ぼうしゅう》がやっておった座敷飾りの花の概念を覆すような花を立てるでしょう」

まるで弟の自慢話でもするように利休は満面の笑みで嬉しそうに話した。

「ほう、宗易殿もあの日清洲におられたか。これも何かのご縁であるのう」

その日以来、二人は顔を合わせるたびに専好の話をした。信長亡き後、互いが駆け出しだったころの思い出話は尽きることがなかった。そして今やこの二人が、天下を手中に収めた秀吉に対して、わずかにもの言える存在として、京にいた。


秀吉が関白になったその年の秋、利家は久しぶりに利休の茶会に顔を出した。床の間には、深まりゆく秋を色濃く感じさせる素朴な龍胆《りんどう》が入れられていた。

利家はこの夏に聞いた話を持ち出した。

「利休殿、聞きましたぞ。あの〝朝顔の話〟は傑作であるな。この話を聞いた時、専好殿のことを思いました。何かつながりがあるのでしょうか」

利休は茶をたてながら、小さく笑っている。

利家は関白秀吉が満開の朝顔を見に利休の庵《いおり》を訪ねた時の話を、本人を前にして、自分のことのように嬉しそうに話した。

利休屋敷の庭に見事な朝顔が咲き乱れているという噂を聞きつけて、秀吉が朝顔見たさに利休の庵を訪ねた。期待に胸躍らせて庭に入ると、評判の朝顔が一輪もない。期待外れにがっかりしながらも、疑念を持った。

「なぜ朝顔の花が一輪もないのじゃ」

腑《ふ》に落ちない面持ちで茶室に入ると、床の間に今まさに花開いた朝顔が一輪だけ生けてあった。つまりは床の間の一輪を極めて立てんがために、庭の一切の花を摘んでおいたのだ。

「気性の激しい秀吉殿の、焦ったり喜んだりの狼狽《ろうばい》ぶりが目に浮かぶわ」

利家は、この胸のすくような話が好きであったし、自分もかくありたいと思っている。

すると利休はこう答えた。

「あの朝顔の話は、専好殿にうかがった池坊の花の精神にも通じているのです。『一輪にて数輪に及ぶならば数少なきは心深し』という池坊の教えがあります。極限までに省略することによって、その命の輝きは増す。最高の趣向も同様。極限まで削《そ》ぎ落とすことによって、その時間その空間は研ぎ澄まされていくのです」

「さすがですな。一輪の花の命ですか。利休殿も専好殿も、もはや見た目の艶《あで》やかさなどはどうでも良いのでありますなあ」

利休の話を聞きながら、利家は内心思った。

(とはいえ、一歩間違えたら打ち首もの。利休殿の美への追求心はここまで真っ直ぐか)

【八】

天正十五年（一五八七年）七月。いよいよ九州を平定し、上機嫌で京に戻った秀吉は、二条西洞院《にじょうにしのとういん》に築いた妙顕寺《みょうけんじ》城で妙案を考えた。

「三成、三成はおらぬか。あと、利休をここへ呼べ」

しばらくして、三成と利休が現れた。

「三成、利休よ。妙案を思いついたぞ。わしの聚楽第《じゅらくだい》の完成はいつ頃の見通しじゃ」

聚楽第とは平安京の頃、大内裏があった地に新しい政治の中心とすべく秀吉が造営させている巨大な屋敷である。黄金を豪勢に使い、壮大かつ華麗な城のような豪邸であった。

「秋口には完成の予定でございます」

三成が表情を変えずに、間髪を容《い》れずに答えた。

「よしわかった。では十月一日から十日間、北野《きたの》で大茶会を催そうと思う。身分に関係なく朝廷、公家《くげ》、武家、町人、百姓など誰でも参加できる茶会をな。なるべく多くの人を集めるのじゃ。利休、あとは任せる。自由にやるがよい」

利休には秀吉のやりたいことが手にとるように分かる。九州を征伐し、いよいよ天下人となる秀吉の良い評判を立てて、京の公家や町人に至るまで「さすが天下人、関白秀吉」と言わせたいのであろう。

利休は、秀吉のこういう発想が嫌いではない。生粋の武将でないため、身分の隔てなく柔軟に考えられる。信長は、茶の湯を誰でもできるものではなくすることで政治的に利用したが、秀吉は、茶の湯を一般人に許すことで人気を得ようとした。

利休はその催しを「北野大茶湯《おおちゃのゆ》」と名付けた。北野天満宮《てんまんぐう》の松原の土地を借り上げ、町中に宣伝看板を立てるなどして、身分に関わりなく茶の湯の好きな者、そして数寄心《すきごころ》のある唐国の者にいたるまで参加を呼び掛けた。茶の湯好きは自分の茶碗《ちゃわん》を持って、もし茶碗がなければその替わりになるものを持って参加せよという内容であった。また、秀吉自らが茶を振る舞うとも書いた。

そして十月一日。空は晴れ渡り、絶好の野点《のだて》日和であった。

敷地内には茶席が八百か所に設けられ、京の人々のみならず、大坂、堺、奈良など遠方からも総勢一万五千名があつまった。

この茶会の筆頭茶頭《さどう》が利休であった。遠くから来た人々は、天下一の茶人として既に有名であった利休の茶をこぞって所望した。利休は嫌な顔ひとつせずに茶をたて振る舞った。この頃には茶の湯は町人にまで広がっていたが、そういった町人の姿に交ざって、粗末な服を着た百姓や子どもまでもが利休の茶を飲みたくて、長い列をなしていた。利休は公家や多くの大名に茶をたて、その独自の美の世界で高貴な人たちを魅了してきたが、この時の野点の席では、農民やその子どもたちにも、分け隔てなく喜んで茶をたてたのである。

「さすがは関白豊臣秀吉殿やな。こんな大胆かつ豪勢な茶会は見たことがない」

茶会のうわさを聞き、専好も専武とともに北野天満宮まで足を運んでいた。

松原の所々に設えられた茶席《しつら》には、多くの人だかりができ、みな笑顔で楽しんでいるようであった。

「あ、いたいた。兄上いましたよ。利休様ですよ」

専武が人垣の後ろでピョンピョンと飛び跳ねながら言った。

専好も二度ほど飛んでみた。確かに利休である。大勢の人に囲まれて、順番に茶をたて振る舞っていた。

「利休殿は不思議な方やな。いつもは天下の名だたる大名相手に一歩も引かないほどのお方が、町人や農民に茶を振る舞うことを心から楽しんでおられる」

専好は偉ぶらない利休が好きだったし、自身も常々かくありたいと思っている。

京の町では既に「花の名人」として有名な専好だったが、花は有名でも外見は至って普通で、人ごみに紛れるとよくよく知った人しか気づかない。

「専武よ。利休殿に茶でも所望しようかと思ったが、この人ごみでは無理であろう。ひきあげるか」

「そうですね。ぶらりとその辺りを見て帰りましょうか」

専武がそう答え、来た道を戻ろうとしたとき、

「お〜い。お〜い」

と、腹の深いところから絞り出すように誰かを呼ぶ声がした。聞き覚えのある声だ。二人がハッとして振り返ると、専好と専武を目ざとく見つけた利休が立ち上がり、大きな声を上げながら手招きをしている。兄弟も大きく両手を振った。

「ようこそおいで下さいました」

「いやいや、大盛況の様子、おめでとうございます」

専好は心から祝いの言葉を述べた。

「専好殿、ちょうどよかった。ぜひここで池坊の立花をご披露いただけませぬか」

民衆がざわめいた。一番前にいた女の子が大きな声で言った。

「あ、私知ってる。専好さんや。池坊専好さんや」

幼き頃、毎朝のように六角堂で残った花をもらいに来ていた、六角堂の近所の菓子屋の娘、季だ。

「あっ、お季ちゃん。来てたんか。すっかり大きくなったな」

「だってもう十一だよ私。専好さん、お花いけるの？　やって、やって。うち、専好さんの花、大好きやねん」

専好は、まいったなぁ、という様子で右手を首筋に当てた。

間を置かずに、初老の男性が声を上げた。

「六角さんの池坊殿か。わしも見てみたいわい」

その言葉に続くように皆が口々に言い始めた。

「見たい見たい、専好殿。生けて下され」

「専好さーん」

お祭りの雰囲気に後押しされ、集まった皆が声を上げる。

専好は赤面し、苦笑いとともに専武を見た。専武は嬉《うれ》しそうに笑いながら、

「やるしかないでしょう。兄上」

と背中を押した。

専好は先ほどから、どのような身分の者に対しても分け隔てなく茶をたてる利休の姿に感銘を受けていた。囃《はや》し立てられているうちに、自分も何やら無性に花を生けたくなった。

「よし、利休殿、一丁やりましょか」

利休は嬉しそうな笑顔で頷《うなず》き、

「すみませんなぁ。でも、これだけ多くの方のご所望となれば嫌とは言えまへんな」

「やったやった。専好さん。頑張ってぇ」

お季が大きな声援を送ると、周囲から盛大な拍手と歓声が上がった。その様子を見ていた専武は既に兄の名が知れ渡っていることに対し、感極まりそうである。

花材には事欠かなかった。敷地内に自生している花木を少し分けてもらうことで十分に事足りる。花材集めを手伝ってくれる者に、どこの松のどの枝、どの花を切

ってくるかを説明すると、観衆から驚きの声が上がった。専好はどこにどの花があるか、しかもその中でもどの枝が良いかをすでに見極めていたのだ。常々良い枝ぶりを見つけ出すことができる目を鍛えているので、先ほどから茶会の敷地内を歩きながらも観察し、良い枝を見つけていた。一種の癖である。

花器は近所の者が準備してくれた。立派な銅製の器であった。

「六角さんの専好殿が花を生けはるらしいぞ」

噂は、町衆の耳から耳へとあっという間に広がり、幾重にも重なる人垣がたちまちできあがった。

床几《しょうぎ》を重ねて簡単に作った舞台に赤い毛氈《もうせん》が敷かれた。器、花材が運ばれ、いよいよ専好が現れる。

このように人前で生けることも珍しい。そこにいるほとんどの人が、立花がどのように立てられているか、その様子を初めて目の当たりにする。

専好は器に一礼し、深く息を吸うと、最初の松を手に取った。

北野天満宮の松原に秋の澄みきった風が吹き渡った。凛《りん》とした空気が伝わってくる。見る者もほど良い緊張感に包まれた。

いつものように枝を天に翳《かざ》し、松の枝と対話するように様々な方向に動かして見ている。ことという角度が決まると、松の足元を鉈《なた》で叩《たた》き、挿した。一本目の真《しん》が決まると、あとは流れるように生け進めた。

躍動するその様子は舞を舞うかの如し。枝をさばき、姿を整えていく。手元の桶《おけ》に集められた枝の中から、これぞという枝を選び出し、最初から正解が分かっているかのように余分な枝や葉を切り落としていく。

専好の手つき、手際は見事で皆が目を奪われた。花鋏《はなばさみ》、鋸《のこぎり》、鉋《かんな》などの道具を使うことを知らない者にとっては、それだけでも驚きであり、見たこともない光景に人々は感嘆の声をあげた。

「なんの騒ぎだ」

その時、たまたま前田利家が黒山の人だかりの前を通りかかった。

「これはお殿様。六角さん、いや六角堂の池坊専好殿が花を立てておるのでございます」

と人垣にいた誰かが言った。

「何、専好殿が」

利家は、背伸びをして人垣を覗《のぞ》き込んだ。

「おお、まことに専好殿か」

そう言うや否や、利家は人垣をかき分け最前列まで進んだ。すると、そこには利休が座っていた。

「やあ、利休殿。あなたもお出《い》ででしたか。それにしても誰が、専好殿を引っ張り出したのですか」

利家は利休にそっと小声で尋ねた。利休はにっこり笑い、黙ったまま自分を指差した。

どこからともなく、笛と鼓の音が聞こえてきた。どこかで舞も始まったようだ。人だかりはあれよあれよと言う間に大きくなっていた。後方では、踏み台を持ち込んだり、周りの木に登ったりしてまで見ようとする者が出てきた。

専好の様子をしばらくじっと見ていた利休は、利家に言った。

「まさに天賦の才。この方には、常人から見たら雑然と茂っているにすぎない草木の中から、美を紡ぎ出すことのできる力がある。その美は、生きている美、個性のある美であるから、書や焼き物とは根本が違う。無から有を作るのでなく、有から有を作り出す。専好殿が触ると、どんな草木もその命が輝きだす。たとえ既に枯れて、その命が終わろうとしている草木ですら。いや、どちらかといえば、今にも終わろうとしている草木のほうが、如実にその命を燃焼させようと激しく輝きだすようである。池坊専好は真の花人です」

専好は、松、薄《すすき》、若松、伊吹《いぶき》、歯朶《しだ》、撫子《なでしこ》、枇杷《びわ》の葉などを使い、幅六尺以上、奥行き五尺、高さ十尺の大きな立花を立ててみせた。仕上げに赤く色づき始めた紅葉の枝を花の左側にすーっと伸びるように入れると、最後にゆっくりと全体の姿を見渡し整え、作品に対して一礼をした。

舞台の周りを取り囲んでいた人垣が一斉に立ち上がり、大歓声と拍手を送った。専好は今まで花に集中していたため、自分をこれほど大勢の人が取り囲んでいるとは気づいていなかったようだ。ポカンと呆気《あっけ》にとられている。喝采《かっさい》は終わらない。

花を生ける時の顔つきとはうって変わって、いつもの垂れ目の専好に戻り、照れを隠すように頭をかいた。それを見た町衆からは、より一層大きな歓声が起こった。

「専好さん、花をこっちにも見せてよ」

お季が言う。花に正面があることは、この十一歳の娘でも知っている。

「わかったわかった。順番に回しますよ」

弟の専武が代わって答え、花器を持ってぐるりと周囲へお披露目をした。花が正面を向くたびに、その方向にいる観衆から歓声が上がった。

利休が専好に歩み寄る。人ごみに立つと利休の背の高さが際立つ。

「専好殿。突然の無理なお願いをお許しくだされ。せやけど、この観衆の喜びようをご覧ください。身分に関係なく、皆が専好殿の花に酔いしれておりますぞ」

「いやいや利休殿、花材のお蔭《かげ》でしょう。それにしてもえらいぎょうさん人が集まって、緊張しましたわ」

専好はいつもと変わらず謙虚で素直だった。気が付くと専武のところに北野天満宮の神職らしき数名が来ている。どうやら、本殿に飾らせてほしいという申し入れのようだった。

「専武、私はどちらでも良い。そうさせて頂いたらどうや」

専武は大きく頷《うなず》き、神職たちに説明をはじめた。

利休の茶を味わい、専好の花を眺める。京の町衆は茶と花、二人の天才の競演に心から酔いしれた。いつまでも歓声がおさまらない。その様子を少し離れた腰掛に座り、眺める前田利家の両の眼からは、涙が溢《あふ》れていた。

戦いに次ぐ戦いで、これまで多くの血が流された。自分も生死の狭間《はざま》を無我夢中で走り、槍《やり》を振りかざし、ひたすらに生き抜いてきた。おそらくなんの罪もない多くの人も殺《あや》めてきた。

それがどうであろう。朝廷も公家《くげ》も武家も町人も百姓も、茶の湯を楽しみ、花を愛で、まさに太平の世が訪れたかのような宴が、ここ京で、自分の目の前で開かれている。

「戦の世が終わろうとしておりますぞ、信長様」

秋晴れの空を見上げ、今日の茶会がいつまでも続けと静かに願った。

しかし、十日間の開催が予定されていたこの大茶会は、突如一日で幕引きとなった。もちろん中止を決めたのは秀吉である。

大茶会初日、秀吉は朝から張り切っていた。この茶会には秀吉自慢の茶道具の数々が並べられ、北野天満宮本殿に黄金の茶室まで持ち込まれた。見物人たちは煌《きら》びやかな茶室に驚き、感嘆の声を漏らした。その様子を柱の陰から見て秀吉は言った。

「三成、見てみろ。京の町人、百姓までが驚いておるわ。ほれほれ、もっと驚け。さすが関白と思え。そして皆に噂しろ。さすが関白秀吉様、と」

秀吉はたいそうご機嫌で、自らも人々に茶を振る舞った。また、午後からは邸内を歩き、あちらこちらで行われる野点《のだて》の席を見物して回った。あまり人目に立たぬよう、茶人風のいでたちで石田三成と数名の護衛を連れているだけだ。信長はかつて京で馬揃えを行い、その勇壮ぶりで京の人々を沸かせた。自分は違う方法で京の民の心を摑《つか》みたいと秀吉は考えている。そして、その様子をこの目で確かめておきたいと思っていた。

空は秋晴れ。秀吉にとって戦では雨が多かったが、今日は晴れた。そのことも気分が良い。

野点の席では、身分に関係なく皆が嬉《うれ》しそうに茶を飲んでいる。

（楽しそうではないか。京の民がわしの茶会を楽しんでおるわ）

秀吉はそう思いながら歩いていた。

その時、一段と大きな人だかりを見つけた。利休の茶の湯の席であった。多くの人が利休を取り囲んでいる。利休が笑っている。利休自身も心から楽しんでいる笑顔だった。

（利休があのように笑っておるとはな）

秀吉は楽しそうな利休をいぶかしんだ。

「ほう、さすが天下一の茶人利休、大層な人気であるな」

秀吉は口ではそう言ってみせた。しかし、すでに三成は秀吉の内心を察している。

秀吉の腹を探るかのように、

「そのようですね。私はあのような笑顔の利休殿を初めてみました」

「うむ」

秀吉が頷き、顎《あご》のひげをさすっている。

三成は、利休が嫌いだった。たかが茶頭《さどう》の分際で諸大名と親交を結び、一部の大名を弟子のように従えている。それどころか黄金の茶室の件にとどまらず、関白秀吉を小馬鹿にしたような言いぐさや態度が気に入らない。何より、それにもかかわらず秀吉が利休を寵愛《ちょうあい》することが妬《ねた》ましい。

(今日の茶会の主役は関白秀吉様であるぞ)

三成の中で怒りの感情が湧き上がり、思わず口をつく。

「あの笑顔。まるで利休が亭主のような茶会ではございませんか!」

秀吉は、顎髭《あごひげ》をなでながら、深い息を一つ吐いた。

「だいたい利休は、日ごろから秀吉様を蔑《ないがし》ろにしておりますぞ」

その時、秀吉のすぐ横を歩いていく、華やかな着物を着た若い娘たち三人の声が耳に入った。その三人にくっつくように歩く季の姿もあった。

「ねぇ、関白さんの金の茶室を見た?」

「見た見た。どこがええんかわからんわぁ」

瞬時、三成の目が光った。そして、娘たちの肩に手を伸ばした。が、秀吉がその手を間一髪つかみ、首を振った。

娘たちの話は続く。

「それに比べて利休さんはええなぁ。お茶も美味《おい》しいし。京風やな」

「そうそう、関白さんのあの金の茶室はなぁ。田舎者やな」

「そや、品がないわあ」

「関白さんは猿やていうしな」

「ははははは」

三成は、隣にいる秀吉の顔を覗《のぞ》き見た。右頰の肉が軽く引きつっている。秀吉は聞き耳を立て、娘たちの会話を聞き漏らすまいと必死であった。

「ほんまや、猿や猿や」

一番大きな娘が猿の顔真似をして、他の三人を笑わせた。

（これ以上は許されぬ）

直感的に思った三成は、秀吉の歩みを進ませようと「参りましょう」と小さな声で耳打ちした。それと同時に季が言った。

「うち、忘れられへんわ。利休さんのお茶と、専好さんのお花。ほんまによかったぁ」

秀吉は引きつる顔面をさらに引きつらせていた。額に浮き出た血管は、そうとう頭に血が上っている証《あかし》である。限界であった。秀吉は扇子を両手で握り、へし折った。

「専好さんの花？　専好とは何者じゃ」

秀吉が震える声でつぶやいた。

「恐れながら、おそらく下京の六角堂執行、池坊専好のことだと思いまする」

この日、たまたま秀吉の警護にあたっていた下京の目付役林田新兵衛《はやしだしんべえ》が素早く答えた。この男、人相に品が無く、出世の機会を狙うしたたかな男であまり周りの評判がよくない。

「ほうっ、六角堂といえば確か花を生ける寺であったな」

「はっ、毎朝大勢の町衆が見物にきておりまする」

「…………」

秀吉は顎髭をさすりながら、しきりに下唇をなめている。赤く充血した目で、人垣の中にいる利休を一点凝視している。しばらくして秀吉がぽつりと口を開いた。

「三成よ」

「はっ」

「やめじゃ。この茶会は今日でやめじゃ」

「は、今なんと」

三成は、予想外の秀吉の言葉に耳を疑った。

秀吉の顔は見る見る紅潮していった。額には数本の血管が浮き出ている。

「ええい、やめじゃやめじゃ！　あぁ忌々しい。えぇい、すべてやめじゃ」

近くにあった松の木を蹴飛ばした。

「ははっ」

三成は慌てて走り出した。

（えらいことになったぞ。えらいことになったぞ）

しかし、口元は笑っていた。

（利休め。墓穴をほりおったわ）

暑かった夏が終わり、日一日と京の秋が深まっていた。底冷えの厳しい冬も迫りつつあった。三成は、やがて散っていくだろう、赤や黄に色づいた木々の梢《こずえ》を見上げながら思った。

（青々と茂った葉も、やがて散る）

秀吉と利休の蜜月《みつげつ》の時は、やがて終わりを迎える。

【九】

北野大茶湯以降、利休はさらに茶の道を究めるべく探究を続けていた。

好みの茶室はさらに小さく狭くなり、茶道具も質素な物に、茶碗《ちゃわん》などは土っぽくごつごつとした武骨な黒楽茶碗を好んで使用するようになった。利休の茶はどんどん質素に、侘《わび》しくなっていく。他の追随を許さない形で進化していった。

無駄をそぎ落とせるだけそぎ落とすことで、本当に大切なものが見えてくる。利休の創意工夫は続いた。

朝の六角堂に大挙して町衆が集まるようになった。どうやら大茶湯の評判が影響しているらしい。京の都は噂話の広まりが早い。「ここが、あの噂の池坊専好さんのいる六角堂か」と花の評判を聞きつけてわざわざ遠方から訪ねてくる人もあった。

「兄上、今日も朝から大勢の衆がお越しになっていますよ」

専武は、境内の人数を勘定してみた。ざっと百人は下らない。

「西国霊場の巡礼というよりは、兄上の花がお目当てでしょう」

「そうか。まぁ良いではないか。こうして足を運んで頂くのだ。ありがたいことではないか」

そう言うと専好はいつもと同じように本堂で花を立てた。背後に大勢の見物人がいたが、花に向かっていれば気にならなかった。それだけ専好が花に集中することができるのは、栄達心のない無欲無心で花と対峙《たいじ》できるようになった証《あかし》であった。あの北野大茶湯の経験は専好に利休との想い出とともに、大きな成長をもたらしたことになる。

天正十七年（一五八九年）、側室の淀《よど》殿が嫡子鶴松《つるまつ》を出産。晩年になってようやく得た跡取りに、秀吉の意気は上がった。

この頃、秀吉の配下の大名たちの中では静かに権力闘争が始まっていた。大別すれば徳川家康一派と石田三成一派と言えるだろう。

利休はその渦中にいた。秀吉の信任を得た利休は茶の師匠の枠を超え、政治にも大きな影響力を持つようになっている。茶の湯を通じての諸侯との交流は、様々な意味で政治的な情報交換の場であった。秀吉の意向が利休を介して諸侯に茶席で伝えられたり、利休を通じて秀吉への陳情がなされたりすることもしばしばあった。

そうなると、必然的に利休の発言に重みが出る。今、秀吉に対して意見できる唯一無二の存在である利休を、石田三成ら側近たちは危険視していた。利休が親しい大名らに入れ知恵をし、有力大名を束ねかねないというのだ。

（一介の茶頭《さどう》の分際で……）

当の利休本人にはそのような気は毛頭ない。利休の希望は、自分の茶の道に専念することだけだった。秀吉の茶頭をやめ「隠居」するということも内心では考えていた。「隠居」を考える理由は、茶の湯への専念だけではない。秀吉との間に生まれていた「確執」だ。

そもそも秀吉は我が儘《まま》であった。急に気分を損ね、感情的に怒りを爆発させることも多々あった。しかし、美に対しては素直であり、利休の作り出す美に素直に感銘を覚え、最後には「さすがは利休」と褒めるのが常であったし、利休の上申にも深く頷《うなず》き耳を傾けていた。しかし北野大茶湯以降、どこか態度が変わった。秀吉は利休のすべてにおいて聞く耳を持たないという態度だった。しかし、利休はそれでも良いと思っていた。

(結局のところ、秀吉殿にはわかるまい)


翌年、いよいよ天下統一にむけ、関東の北条《ほうじょう》氏の居城、小田原《おだわら》城の攻略が始まる。

その小田原攻めの直前である。ある事件があった。

戦の前で気がたっている秀吉が利休の茶室を訪ね、茶を所望した。

利休がいつものように流れるような所作で茶をたてる。そして、秀吉の前に差し出したのが黒楽茶碗であった。

それに秀吉が激昂《げきこう》したのだ。

「おぬし、何年もわしの茶頭を務めておりながら、主君の好みも知らんのか」

利休は何も答えなかった。

秀吉が言葉を重ねる。

「答えよ利休。わしの金の茶室とおぬしの草庵《そうあん》茶室。どちらが美しいか、言うてみろ」

それは、二人の間を裂く決定的な一言であった。

もともと利休の中には、秀吉との主従関係という意識が希薄であった。通常ならこの時代、主君からそう尋ねられれば、何も言わず主君を立てて、詫《わ》びねばならない。

　しかし、利休は詫びなかった。それどころか驚きや恐怖を微塵《みじん》も感じさせない。眉《まゆ》ひとつ動かさない。

　まったく無視をする利休に、秀吉はもう一度問いただした。

「わしの茶室とおぬしの茶室。どちらが美しいか、利休、言うてみろ」

　目は血走り、今にも斬りかからんばかりの形相である。同席していた軍師、黒田官兵衛があわてて利休に声をかける。

「利休殿、早く詫びられよ」

　利休にもわかっていた。詫びれば秀吉は許してくれるはずである。しかし、詫びなかった。

　利休は湯の沸いた釜《かま》をまっすぐ眺めている。沈黙が続いた。湯が沸くポコポコという音だけが茶室に響いていた。秀吉はすっくと立ち上がった。

「利休、お前の茶は貧乏くさくてかなわん」

　そうつぶやくと茶室を出ていった。障子の奥に控えていた石田三成が立ち上がって、利休を見た。利休は相変わらず釜をじっと見ている。三成の口元が少し笑った。

　そして踵《きびす》を返して秀吉の後を追いかけた。

秀吉は小田原に攻め入るための本陣を、箱根《はこね》湯本《ゆもと》にある早雲寺《そううん》に構えた。

その早雲寺には、利休と同じ堺出身の茶人である山上宗二《やまのうえそうじ》がいた。宗二は利休の高弟であり、茶頭として一時期秀吉に仕えていた。宗二は歯に衣着《きぬ》せぬ性格であり、思ったことをそのまま口にする。当時の風潮であった社交のための茶の湯に「茶道のための茶道ではない」と苦言を呈し、これが秀吉の怒りを買って京を追われ、浪人となったのである。その後は小田原に下って北条氏に仕えるとともに、一帯に茶道を広めていた。

そこに、小田原攻めのために秀吉と利休がやってきたのである。宗二は利休に会える機会だと思い、身の危険を覚悟の上、包囲陣をくぐりぬけ、利休と再会を果たす。

利休は欣喜《きんき》した。長年積もった話に花が咲いた。昔を顧みて懐かしく思ったのか、宗二は利休に、かつての主君秀吉と面会したいと申し出た。当時、突然の謁見など不可能であった。しかし、なんと利休はそれを叶《かな》えたのだった。

秀吉も宗二との再会を喜び、わざわざ茶会を催した。秀吉は大いに気をよくし、昔のことは水に流し、宗二を再登用しようと申し出たのだった。

しかし宗二は仕えていた北条幻庵《げんあん》に義理立てして、最後まで首をたてに振らなかった。

怒り狂った秀吉は、「そこまでわしのことが嫌か」と言い捨て、その日のうちに宗二の耳と鼻を削《そ》ぎ、打ち首にした。

ほんのわずか前まで言葉を交わしていた自分の弟子が、この世を去ったのである。利休は大きな衝撃を受けた。自分を責めざるを得なかった。

(秀吉に会わせなければ命まで落とすことはなかった)

利休の心の奥底に自戒の念が居座った。

しばらくして秀吉は小田原へ出陣する。その際に利休に帯同を命じた。利休は辞退を申し入れたが受け入れられる訳がない。蛇の生殺しのような日々に利休も辟易《へきえき》としていた。

七月五日に小田原攻めの勝敗が決したのち、利休は帰京した。小田原攻めの終わりは、本当の意味で秀吉の天下統一を意味していた。利休の胸の中にも、久しぶりの明るい気分が溢《あふ》れていた。

(専好殿に会いたい、専好殿の生ける花が見たい)

心からそう思った。

利休は聚楽第の屋敷に帰る前に六角堂へ立ち寄った。正午を少し回ったころである。

(いつ以来だろうか)

六角堂の山門をくぐると、以前と変わらず濃い緑の枝葉を長く垂らしながら、ゆっくりと初夏の風になびく六角柳が、長旅で疲れた利休を出迎えた。すでに蟬の声がチラホラと聞こえていた。

利休は、本堂に向かった。

本堂には、今日も専好の花が生けられている。利休は首筋の汗を拭《ぬぐ》い襟元をただすと息を吸い込み、花を見た。

「あぁ……」

感嘆がもれた。

(専好殿。あなたという人は、なんと素晴らしい……)

初夏の気分をいっぱいに吸い込んだ柳の躍るように弾んだ枝葉を真《しん》にした、専好らしい立花が立ててあった。

利休は以前聞いた専好の言葉を思い出していた。

「つらい時、苦しい時、花は黙って寄り添ってくれます。草木は一度根を生やした場所からは動けない。どんなに雨に打たれようが、風が吹こうが、動くことはできない。与えられた場所で懸命に生きるしかない。だから精一杯梢《こずえ》を伸ばし、生きていこうとする。その姿勢に人は感動し、勇気づけられる」

(花のようにまっすぐ、己の信念を曲げずに生きていたいものよ。のう専好殿)

勿論《もちろん》、秀吉からの圧力のことである。

花を見ていると花に力づけられたかのように、体に力が満ちていく気がした。

後ろ髪を引かれるように六角堂を出ようとしたその時、専好と共に稽古《けいこ》をした道場から懐かしい声が聞こえてきた。

「おたみ、おたみはどこや。どこにおるんや」

何やら慌てた声である。遠くでおたみの返事をする声がする。

「おたみや。豊重めが戻らないんや。もう稽古を始めるというのに。あやつめ許さんぞ」

息子の豊重は十五歳になる。専好は僧侶《そうりょ》の修行と花の修業をさせているのであろう。

さすがの専好も家ではやんちゃ盛りの我が子に振り回される人の親である。利休の脳裏にあの垂れ目の人懐っこい専好の笑顔が浮かんだ。心底会いたかったし、きっと専好も喜んでくれるだろう。だがその気持ちは自分で押し殺した。

（専好殿、許せ。ここで会ってしまえば面倒に巻き込むことになるかもしれぬ）

利休の危惧《きぐ》は正しかった。小田原からずっと、利休の後を三成の手の者がつけていた。京に入ってからは目付役林田新兵衛が、物陰から監視の目を光らせていた。

利休は小田原でのことを忘れようと努めていた。しかしその記憶はさらに悪い形で蘇《よみがえ》った。小田原城攻めの折に本陣として構えた早雲寺に秀吉が火を放ち、寺宝の多くを奪い、京へ持ち帰ったという知らせを受けたのである。虫唾《むしず》が走った。秀吉への嫌悪感はさらに増し、その感情をどうしても抑えることができなくなった。


この年、天正十八年（一五九〇年）の末、ある二つの嫌疑が突如として利休にかけられた。ひとつはもう一年以上前の話だ。利休が私財で寄進した大徳寺《だいとくじ》山門の上層部に、利休の木像が置かれたことが今になって問題視された。雪駄《せった》履きの木像を門の上に置くということは、その下を通る関白殿下や勅使の頭を土足で踏みつけることになり、それは謀反に等しい行為だと糾弾されたのだ。この木像は利休が置いたのではなく、大徳寺側が置いたものであった。まさに言い掛かり以外の何物でもない。

もうひとつは、茶器売買で不当な利益を得たとして、これも問題とされた。

(石田三成らの仕業であろう)

利休はそう思っている。しかし、申し開きは一切しなかった。

自分にはまったく非がないのだから、逆に慌てて払拭《ふっしょく》に走り回るほうが怪しまれるだろうという判断であった。それに、誰の目から見ても濡《ぬ》れ衣《ぎぬ》なのは明らかである。

この利休への嫌疑の噂は専好の元にも届いた。

(利休殿に限って断じて無い。何かの間違いや。きっと、ほどなく疑いは晴れるはず)

専好は利休を信じていた。聞こえてくるのは関白秀吉が利休を陥れるために、根も葉もないことで利休を追いこんでいるという話だった。

「兄上、利休殿は大丈夫やろか。喧嘩《けんか》の相手は関白様に石田様と聞きまする。なんや嫌な予感がするわ」

専武が不安げに言った。確かに、今この二人を敵に回して生きてはおられまい。

「大丈夫や。利休殿には大名のお弟子もおられる。きっと助かる。きっと」

ないですぞ)

(関白様に詫《わ》びないとは利休殿らしい。しかし、利休殿、死んでしもては元も子も
専好には花を生けることしかできない。自分にできることは利休のための祈りを花に込めて観音様に供えることだけだと、毎日毎朝、渾身《こんしん》の力を込めて花を生けた。来る日も来る日も生け続けた。されど状況は好転しない。

(わしの花は無力なのか、利休殿)

何の役にも立てない自分に、専好は苛立《いらだ》ちを感じはじめた。

利休を敬愛する弟子である細川忠興《ほそかわただおき》ら数名の大名は、秀吉に詰め寄った。

「関白殿下、何卒《なにとぞ》利休殿をお許しください。利休殿はそのような男ではありません。殿下もよくご存知ではありませぬか」

しかし、秀吉は一度言い出したらきかない。むしろ、あまりに皆が利休を許せ、利休は悪くないと言えば言うほど、秀吉はへそを曲げ、機嫌が悪くなっていった。

この頃の秀吉は、一度怒りに火がついたら何を言い出すか、何をしでかすかわからない恐怖に満ちた存在になっていた。しつこく秀吉に食い下がると今度は自分の身が危うくなる。加えて、裏で石田三成が糸を引いているのは明らかなのだ。

「三成めが調子にのりよって」

利休の助命を願う武将たちの間に言い知れぬ失望感が広がっていく。同時に、石田三成への不信感と憎しみも増していった。

【十】

天正十九年（一五九一年）の年が明けた。この正月は、例年よりも寒い日が続いていた。

冬の京都は底冷えが厳しい。秀吉の天下統一と秀吉が進める新しい京の町づくりの活気で、町はいつになく賑《にぎ》わいの絶えない年明けを迎えていた。六角堂は多くの初詣《はつもうで》客の参拝でごった返していた。下京では東山の祇園《ぎおん》社か、ここ六角堂にお参りする人が多かった。特にこの年は専好の人気と相まって、お参りの列は途切れることがなかった。

だが、専好にとってこれほど気分の重い正月はなかった。

（利休殿の嫌疑が晴れるまでは、私には正月は来ない）

専好はこの正月から、好物の甘いものを断った。嫌疑に苦しむ利休を思い、黙々と花を立てる。傍らで専好を見ている専武も好物を断った。

（私かて、利休様が救われるまでは）

しかし専好は、利休は詫びないと踏んでいる。自分の美に対してあれだけ真っ直ぐに生きる男が自分の美を曲げるだろうか。助かるという奇跡を信じるしかなかった。

年が明けて利休の気持ちも少しは変わったのではと、前田利家が淡い期待を込めて利休のもとを訪ねた。

利休の茶室はかなり前から暖がとってあったようで、利家が到着するころには随分と暖まっていた。茶室に入り利休と対座するなり、身を乗り出して利家が言った。

「利休殿、とにかく関白殿下に詫びよ。ただ詫びるだけで良いのじゃ。そうすればきっと許してくださる。それだけのことよ。殿下はこのところ、我が儘《まま》が過ぎる。だが、利休殿がそこに命を懸ける必要はない。死んでしまっては元も子もないではござらぬか」

利休は、淡々と茶をたてながら、利家に話し始めた。

「前田様、ご心配下さることは非常に嬉《うれ》しい。しかし、私は何もしていない。何もしていないのだから詫びる道理がない。それに……」

利休は、所作に従い、茶を入れ、質素な黒楽茶碗《ちゃわん》を利家に差し出し続けた。

「権力を振りかざし、なんでも力で押さえつける。そういう秀吉様がどうにも好きになれませんのや。前田様もご存じでしょう。大坂城の黄金の茶室を」

「よう知っておる。関白秀吉殿を象徴する茶室じゃ」

「あの我が力を見せつけるかのような茶室。もはや茶の湯の本質を見失っている」

利家はいつもと違う利休の厳しい口調に戸惑った。利休は徐々に激昂《げきこう》していく。

「あれが秀吉様の美であれば、私の求めるものとは違う。派手な飾りや自慢がましいものは要らぬ。無ければ無いだけ大切なものが際立ってくるのやから」

利家が黙ったまま頷《うなず》いている。

「結局は秀吉様とは、相容《い》れることはないのです」

利休は茶を出すと軽く会釈し、スッと正面を向きなおした。そこで大きなため息を一つついた。利家が茶碗を手に取り、その温かさを大きな掌《て》で確かめるように包み込んだ。利休が続ける。

「私と秀吉様、求める美が違うていてもよかったと思うんです。人それぞれ色々あって良い。しかし、秀吉様は傲慢《ごうまん》にも『美』ですら自分の意に従わそうとしている。私を否定したいんでしょうな」

深く息を吐き、吸い込んだ。

「ここで詫びれば、それは私でなく、私の美が、私の茶の湯が否定されることであり、否定されたことを認めることになります。私にはできしまへん」

利休はここまで話すと、黙った。こみ上げるものを堪《こら》えるので精一杯である。肩がかすかに震えているのが利家にもわかった。利家はそれ以上何も言わずに利休宅を後にした。

「利休殿、あなたにとって今回は、今まで築き上げていた自らの美を守るための命懸けの戦であったか。天下の関白秀吉との一対一の戦であるのだな」

この数日後、堺に蟄居《ちっきょ》するよう利休に命が下った。

天正十九年（一五九一年）二月十三日早朝、利休は堺に向け出立した。妻の宗恩《そうおん》を連れ立っている。宗恩は信長に仕えていた頃に再婚した相手で、利休の茶の湯の一番の理解者であった。

「宗恩や。お前に見せたい物があるんや」

「さて、なんでございましょう」

既に連れ合って二十年になる。ここまで色々あった。平穏とは程遠い。美を追究する夫に我慢の多い人生だったが、だからこそ、お互いのことはよくわかり合えている。何も言わずとも宗恩はわかっていた。

（この人は死を覚悟している）

宗恩が頼んで秀吉に詫びるような人ではないことも重々わかっている。だから何も言わなかった。言えば余計に困らせるだけだ。

利休は、三成が差し向けた監視役に、

「京を出る前に、六角堂の観音様を拝みたい」

と申し出た。それを聞いて宗恩は、

「いつか貴方《あなた》がお話しくださった池坊専好様の花ですね」

と、優しい笑顔で言った。


六角堂の本堂では、ちょうど朝から専好が花を生けていた。この日もよく冷えた。専武は風邪をこじらせたらしく寝込んでいたので、この日は専好一人が本堂内にいた。冷たい風が境内を吹き抜けた。この寒い中、朝から大勢の参拝者と専好の花を見に来た人でおおいに賑わっていた。

専好は悴《かじか》む手をしきりと擦《こす》りながら、花を立てていく。一本立てては手を擦り、はぁっと両手に息を吹きかけながら鋏《はさみ》を握った。寒いはずである。六角堂の池に薄氷がはっている。

利休は、六角小路から山門をくぐり、本堂へと進んだ。

本堂の正面に立つと、専好の背中が見えた。利休はしばらく黙ってその背中を見つめている。長身の利休の横で小柄な宗恩が並んで、専好の様子を見ていた。

専好はいつものように、枝を天に翳《かざ》し、余分な枝葉を省くと迷いもなく立てていく。

(やはりこの方には見えているのだ。たとえ私からは雑木に見えても、その中にある美が。命ある美がこの方には、見えているのだ)

利休の顔は穏やかであった。その顔を宗恩が覗《のぞ》き込むように見上げた。

(いつも家では厳しい顔ばかりだったのに……)

宗恩は、悔しいと素直に思う。でも、嬉しくもあった。すべてにおいて完璧《かんぺき》に美を掌《つかさど》った夫が、茶の湯とは違う花の美に触れている。おそらくは自分では作れないであろう美に触れ、穏やかに笑っている。もはや茶人として揺るぎのないこの人に、こういう憧《あこが》れるような目で見られる人がいたのだということが嬉しかった。

専好の今日の立花の真は梅であった。若枝が勢いよく伸びている。作品が完成に近づいたその時、専好が急に動かなくなった。その若枝を切るかどうかを迷っているようだった。

利休はにやっと笑った。

(専好殿にも迷うことがあったか)

専好は腕を組み、頭を捻《ひね》っている。切るか残すか。専好が中腰になり、その枝を切ろうとしたその時、

「いやっ、切らんといて」

宗恩が声を上げた。利休は思わず顔をしかめた。その声に驚いて専好が振り向く。専好は、群衆の中に一際大きな男を見た。あの人懐っこい笑顔の利休がいた。

「専好殿。ご無沙汰《ぶさた》をしております。いつ見ても見事な立花を立てなさりますな」

「利休殿!」

専好は思わず立ち上がった。

(ああ、利休殿が会いにきてくれた)

利休は以前と少しも変わらない表情だった。その利休の横で、宗恩は顔を真っ赤にしながら何度も頭を下げていた。

専好は花の周りをいそいそと片付け、本堂を出た。冷たい風が専好にまとわりつ

くように吹いた。

「利休殿、驚きました。あの、嫌疑の噂を聞いております。難儀なことで……」

ここ数か月思い続けた人との急な再会に、うまく言葉が出てこなかった。無事を案ずるがあまり、以前と変わらない本人を前にして、若干拍子抜けしたところもあった。

「専好殿、驚かせてしまい申し訳ありまへん。これが妻の宗恩です」

利休は軽く宗恩の肩をたたき、挨拶《あいさつ》するように促した。

「こんなところではなんですから、さ、中へどうぞ」

専好は二人を道場に案内した。かつて利休と机を並べ稽古《けいこ》に励んだ想い出の場所であった。

いつも利休が座っていた障子のすぐ横の場所。専好は利休をそこへ座らせた。利休と宗恩はゆっくりと周りを見渡した。専好は黙って利休の表情を窺《うかが》っていた。愛《いと》おしそうに長細い道場を眺める利休。

二人はお互いに何も言わず黙っている。変わらないと思った利休であったが、よく見ると、少しやつれたようで目の下に隈《くま》ができていた。

利休が静かに口を開いた。

「今から、伏見《ふしみ》に参り堺へ下ります。蟄居《ちっきょ》の命ですわ」

利休が静かに、しかしはっきりとした口調でそう言った。その様子から専好は、利休の覚悟を察した。今日が会える最後になるかもしれない。限られた命の中で会いにきてくれたと思うと、専好の胸は圧し潰されそうになった。

「宗恩殿があの梅の若枝を切らないで欲しいと叫んだ訳がわかります」

心に抱いていた利休の行く末と、枝を切ってしまう切なさが宗恩の心の内で重なったのであろう。専好の胸が熱くなった。

「利休殿、関白殿に詫びてはもらえないですか」

たとえ無理だとわかっていても、そう言わずにはいられなかった。同じ美を追究するものとして、信念を曲げて詫びよと提言するのはつらいことである。自分でも出来ない。しかし詫びれば命は救われる。なにも一命を賭《と》することではない。今回だけは妥協も許される。

「専好殿。お気持ちはありがたく頂戴《ちょうだい》します。だが、どうしてもこの戦、負けられぬのです」

利休は両の掌を強く握りしめた。その拳《こぶし》に一粒の涙がこぼれ落ちた。

続く沈黙の中、専好は清洲城での初めての出会いを思い出していた。慢心しそうなときは、あの清洲城で利休に言われた言葉を思い出し、自らを戒めてきた。自分にとって大きな存在であった利休の涙に、物言えぬ憤りと理不尽さを感じずにはいられなかった。秀吉に対する怒りの気持ちが沸々と湧きあがってくる。

「利休殿、利休殿は一人やない。私もいます。私も戦います」

静まり返った道場で二人は静かに向きあっていた。宗恩は下唇を噛《か》みしめている。

そのとき、六角堂の鐘がなった。下京に昼を告げる鐘だった。

「利休殿、そろそろ出立をお願い致しまする」

監視役がそう告げた。

専好は、利休と宗恩をもう一度本堂の前に連れていき、三人で花を眺めた。生命感溢《あふ》れる花を見ることで利休の気持ちが変わることを期待したが、逆に濁りの無い眼差《まなざ》しで花を見つめる利休の横顔からは、覚悟した男の気概が感じられた。そんなことを思っていると、不意に利休がつぶやいた。

「専好殿、先ほどの最後のあの枝。梅の若い枝。やはりあれは切らずに残してやってくれまへんか」

宗恩が切らないでほしいと願った枝のことである。利休はそういうと優しい眼差しで宗恩を見た。宗恩は恥ずかしそうに俯《うつむ》いた。美を追究する生き方についてきてくれた宗恩への、感謝の心なのだと専好は思った。

「わかりました。そう致しましょう」

専好は一言そう答えた。監視役の男が催促するために近づいてきた。気づいた利休が別れの言葉を言いかけたが、専好がそれを遮るように大きな声で、

「それでは利休殿。また一緒に、また皆と一緒に立花の稽古でも致しましょう。その時は利休殿に一番良い松の枝をお渡しします」

と言った。松の真を奪い合った寒い冬の稽古が思い出され、利休の口元が少し緩んだ。

「よぉし、専好殿。そのときは喜んで参りましょう。負けまへんで」

利休は雲の切れ間から差し込んだ冬の日差しを見上げながら言った。

利休と宗恩は軽く会釈をし、山門のほうへ歩き始めた。大きな利休と小さな宗恩が並んで歩いていく。その姿がみるみるうちに涙でぼやけた。

「利休殿……」

利休が見た空を専好も見上げる。厚かった雲が切れ、ゆっくりと青空がのぞいてきた。春はそこまで来ている。

（利休殿。あなたは一人やない。私もいます。私も戦います）

二月二十五日、大徳寺山門の上層部に置かれていた利休の木像が、一条戻橋《いちじょうもどりばし》のたもとに晒《さら》された。それは、秀吉に従わなければ同じ目に遭うぞという利休への警告を意味していた。その噂は四方にとどろき、京の町は不穏な空気に包まれた。

そして二月二十八日。この日は前日から激しい雨と風が吹き荒れていた。利休屋敷の周囲は、数千人の警護の兵に取り囲まれていた。利休の救出に動く大名に備えるためである。

堺から京に呼び戻された利休は自宅の茶室にいた。床の間には、古びた土器の花入れに椿《つばき》が挿されていた。

利休は日ごろから蕾《つぼみ》を大切にした。専好も同じく蕾を好んだ。「明日《あした》咲く」という未来を感じさせるからである。満開の花はあとは散るのみ。実物《みもの》は結実、終わりを意味する。

(専好殿、あなただったらどうするか)

利休は椿を入れながら、専好を思った。清洲城での出会い、また松を取り合いながら稽古した日々、北野大茶湯での見事な即興の花。茶の湯と花、世界は違えども、ともに美について語り合えたことに感謝した。

（専好殿。もういちど、あなたの立花がみたかった……）

秀吉からの使者が茶室に現れた。

「利休殿。お時間でござる」

利休はその者に、ゆっくりと丁寧に茶をたてた。

その使者は茶を飲んだ。何も言わぬが、その使者の頬を伝う一筋の涙を見て、利休は嬉《うれ》しく思った。使者が床の間に目をやると、そこには満開の白玉椿が生けてあった。

「では、参ろうか」

利休は立ち上がり、茶室を出ていく。そのとき一度だけ振り返り、もういちど部屋の設《しつら》えを確認した。歩んできた自分の茶の道を確認するかのように。

（私の命は取ったかも知れぬが、私の美は絶対に取られない。永遠のものである）

利休はそう思いながら切腹した。

多くの武将たちの懇願むなしく、最後まで詫《わ》びず、死することで秀吉の美を認めないこと、また秀吉という人間の傲慢《ごうまん》さを世に知らしめた。このとき京の町には、利休の死を悼むように雷と雹《ひょう》が降りそそぎ、茶の湯の心得ある者、美を追い求めた者たちすべてが泣いた。

　切腹の後、利休の首は一条戻橋に晒《さら》された。秀吉の命令である。

　その噂を町衆から聞き、専好は弟子に花籠《はなかご》を持たせ、一目散に一条戻橋へ駆けた。この日京の町を冷たい雨が包んでいた。さほど広くない堀《ほり》川の河原に多くの町衆が人垣をつくっていた。人々は口々に経を唱え、非業の最期を遂げた茶人の死を悼んでいた。

　専好は息を切らしながら駆けた。駆けずにはいられなかった。雨の中をむちゃくちゃに駆けることで胸の痛みを搔《か》き消したかった。六角堂を訪ねて来た最後の日に見せた悔し涙を思い出すと、利休の無念さがいかほどのものであったかがわかる。

　ようやく人垣がみえてきた。専好は人垣の手前で足を止めた。呼吸が激しく乱れ肩で息をしている。脇腹が激しく痛む。ずぶ濡《ぬ》れの着衣から白い湯気があがっていた。その場にいた人々はその僧の姿を見て、口々に何かをささやきあった。専好は息を整えながら雨空を見上げた。空が滲《にじ》む。雨のせいなのか、それとも涙か。若い弟子がずいぶん遅れてようやく到着した。

「よし」

専好は小さく呟《つぶや》き、群衆に分け入った。人垣を抜けたところで一生涯忘れられない光景を専好は見た。今回の嫌疑のきっかけとなった大徳寺の山門金毛閣《きんもうかく》に上げられた利休の木像が、無残に磔《はりつけ》にされていた。そしてその木像の足に踏ませるように利休の首が晒されていた。

「利休殿……」

専好は立っておられず、その場に崩れ落ちた。膝《ひざ》を地につけ、自分が僧であることも、六角堂の執行であることも忘れ、「うああ、うああ」と大声で泣いた。その様子に驚き、後ずさる者もいたが、利休を慕う者の中には、専好につられて堪《こら》えきれずに泣きだす者もいた。

相変わらず降り続く雨が溢《あふ》れ出る涙を流していく。ひとしきり泣くと気持ちが落ち着いてきた。いや、違う。悲しみを抑え、怒りの感情が腹の底から湧いて出てくるのがわかった。専好は利休の首に這《は》うように近づいた。

「利休殿、さぞかし無念であったでしょうなぁ」

そう言うと晒されたその首に白布をかけた。このような行為は奉行から咎《とが》められる可能性もあったが、そうせずにはいられなかった。白布をかけることで、専好の心は今度こそ落ち着きを取り戻し、秀吉への激しい怒りも一旦《いったん》鎮めることができた。

白布の前でゆっくりと手を合わせた。

(利休殿、見事な戦でありました)

誰にも聞こえない声で呟いた。そして持参した荷の中から竹の花入れを取りだし、白布の前においた。

(利休殿、あなたは死んでしまいましたが、あなたの茶の湯は、あなたの築いた美は永遠になりました。この戦、利休殿の大勝利です)

専好は六角堂の早咲きの桜の一枝を竹器に挿した。天に昇る利休に届くようにと、寒い冬の間、懸命に力を蓄えその梢《こずえ》を天空へと伸ばしていた枝を選んだ。

桜の枝を挿し入れたとき、気が付くと冷たく降り続いていた雨は止んでいた。

この桜の枝には、希望を一杯に含んだ蕾が膨らんでいる。その梢の先端に、今朝花開いた一輪が誇らしげに咲いていた。

【十一】

天正十九年（一五九一年）の春は、本当に春らしい青空の日が続いた。東山連峰の山腹は一面、桜色で染まっていた。

利休切腹の話は、瞬く間に京の町衆にも伝わっていった。「関白秀吉の癇《かん》に障ったらしい。利休さんお気の毒になぁ」というのが町中の声であった。

「ああ、今日もあかんかあ」

毎日、六角堂に参拝している十一屋吉右衛門は、この日もがっかりしながら家路についた。

本堂の中に樒《しきみ》は供えられているものの、そこには専好の花がない。この状態がもう長いこと続いている。

「専好さん、どないしはったんやろか……」

利休の死から一月半が経過しようとしていた。専好にとって、この時期は人生最悪の日々と言えるだろう。

人生において初めて、花を生ける気力を失った。いや、それどころか何もする気が起こらなかった。執行の仕事は人に任せ、来客は体調不良を理由に断り、食事もろくにとらない。口数少なく、鬱々《うつうつ》とした日々を過ごしていた。

それほどまでに利休の死は、専好に深く影を落としていた。

あの日、堀川一条戻橋の河原で利休の亡骸《なきがら》に手向けた桜の枝から後、鋏《はさみ》が握れなくなってしまった。花と向かい合ったとき、利休の無念さを思い、どうしても花材に鋏が入れられなくなったのだ。吉右衛門はじめ、専好の生ける花を日々楽しみにしてくれている町の衆の心配や期待は痛いほどわかる。ましてや、面と向かって口には出さないものの、家族や周囲の者たちにも多大な苦しみを味わわせてしまっていることは、専好自身も痛いほどわかっている。しかし、どうしても手を動かすことができなかった。利休の死とともに、専好の心を支えていた太い柱が折れてしまったのだ。

目は落ちくぼみ、頬はこけ、もともと細かった専好の体が見るからに一回り小さくなったころ、利休の四十九日が来た。

四十九日の翌日のこと。境内には古くから聖徳太子二才像を祀《まつ》った太子堂がある。地味な御堂だが、聖徳太子信仰の対象として多くの参拝者があった。早朝、朝靄《あさもや》がかすむ頃から、その太子堂の前あたりでなにやら人だかりが出来ていた。徐々にその人数が増えていっている。その様子にいち早く気が付いたのは専武である。

「兄上、太子堂の前に下京の衆が集まってきています。いったい何事でしょうかね」

「さて、何事やろなぁ」

専好にもよくわからない。

その後も人は増え続けた。専武が寺坊からそっと様子を見てみる。町衆に交じって、どうやら農民や僧や武家の者の姿も見える。中には大きな荷物を抱えたもの、唐の衣を着たものも見える。子どもも多い。昼前までに、その数ざっと三百人は超えた。しかもまだ増えている。人だかりは、太子堂の前から、すでに本堂前を取り囲むほどに膨らんでいる。

様子を見に行った専武が驚き半分、おかしさ半分といった顔で戻ってきた。

「兄上、どうやら仕掛け人は、三条室町の十一屋吉右衛門殿ですよ」

「あぁ吉右衛門か。まったくあの男、何を考えておるのやら」

「兄上に会いたいと吉右衛門は言うてはります。どないします？」

専武が妙に嬉《うれ》しそうに言う。

「無理や。会いとうない」

ぶっきらぼうに小声でそう答えると、専武はそれを吉右衛門へ伝えるために、悲しい顔をして寺坊から出て行った。それでも外のざわめきはいっこうに止まない。それどころか、大きくなっていく。そしてついに、あの男の声が寺坊に届いた。

「専好様、居るのは分かっとります。出てきてくださりまへんか」

「困った男や」

専好はそう言いながら、寺坊を出た。

寺坊の扉が開き専好が姿を現すと、それまでざわついていた衆が、一瞬にして静まり返った。専好は不気味に思いながら、衆の顔を見渡した。どの顔も、どこかで見たことがあるような気がする。

専好の前に吉右衛門が歩み寄った。

「専好様。お気持ちは分かります。本当に利休様のことは残念でした」

神妙な顔で吉右衛門がそういうと、集まっている多くの者が黙禱《もくとう》を捧《ささ》げるように目を閉じ、俯《うつむ》いた。

専好にとってはあまりに突然であった。まさか吉右衛門にそう言われるとは思ってもみなかった。

「わしらも悲しいわ、専好さん」

誰からか大きな声が上がった。吉右衛門がそこで、咳《せき》払いをした。何やら話があるらしい。

「専好様の気持ちを考えますと、なかなか花を生ける気分、あるいは気力が湧いてこないのも、よう分かります」

そこまで言うと、吉右衛門はもう一度、深く息をし、額に滲《にじ》んだ汗を拭《ぬぐ》った。

専好はそこでようやく気が付いた。

(目の前にいる衆は、いつも六角堂に花を観に来ている人たちや)

衆がいつもより着飾っているので、すぐにはわからなかったのだ。

吉右衛門は話を続けた。

「専好様、今日はお願いがあります。わしらにとって専好様はなくてはならない大切なお人なんです。ほんまです。そして、専好様の花は我々にとって楽しみである以上に、その日の慰めであったり、なくてはならんもんなんです」

それはここにいる全員の思いであると言わんが如く、周りの衆が吉右衛門の話に合わせて力強く頷《うなず》いた。

「専好様、この通りです。どうか、花を生けてくだされ」

吉右衛門は深々と頭を下げた。集まった者たちからも次々と声がかかる。

「専好様、お願いします」

「専好様の花が見られないのはほんま辛《つら》すぎます」

「うちの婆様も楽しみにしとるんですわ」

群衆の中に季の姿もあった。

「うちも専好様のお花が大好き」

六角堂は子どもたちの格好の遊び場になっていたから、この周辺の若者は幼い頃から皆、六角さんに親しんで育っており、六角さんが好きなのである。また、下京の町衆にとっては、六角堂は会所として身近な存在であり、何か相談事や問題が生じたら、とにかく六角堂に集まる。それだけ下京の衆にとって六角堂は大切な存在だった。

専好は、素直に嬉しかった。これだけ大勢の人々が六角堂を愛してくれていること、そして、花を心待ちにしてくれていたこと。

（利休殿、天から見てはりますか）

専好は天に向かって問いかけた。

（私は花を生けてもええんでしょうか）

何も返事はなかったが、視線の先の空は心なしか晴れたように思えた。

（もしかして、利休殿、生けなされと返事されましたか）

専好の中に、徐々に気力が蘇《よみがえ》ってきた。無性に花が生けたくなった。

このところ体調が思わしくない日々を過ごしていた専武が、この日は元気であった。専好の肩に手をかけ言った。

「兄上、生けましょう。利休殿の冥福《めいふく》を祈り、花を生けましょう」

「そうですよ専好様。下京の町衆も皆心待ちにしております」

専武の横で熊のような大きな体軀《たいく》の平太が身を乗り出して言った。普段は無口なこの男までもがそういう。専武と平太は同じ歳で昔から兄弟のように育ち、専好が割って入れないほどの友情で結ばれている。二人にとって専好は兄であり師でもあった。

吉右衛門は専好にあえて仰々しく言った。

「専好様。我々はこれにて失礼いたします。ただ一言、我らの気持ちを申し伝えたく参りました。それではこれにて。御免下さいませ」

首謀者である自分が帰らなければ事は収まらないことを吉右衛門は心得ていた。吉右衛門に続くように、群衆はそれぞれ専好に一礼し、四方八方へ去っていった。

後で聞いた話では、どうやらこの騒動は、吉右衛門が近しい人数名に「利休様の四十九日が終わったら六角さんに行こう」と呼びかけたのがきっかけであったらしい。あとは芋蔓《いもづる》式に、六角さんのことなら自分も、ということで自然と増えていったようであった。

その日の午後、専好は約二か月ぶりに道場にいた。格子戸の外に六角堂が見える。立花の稽古《けいこ》で、利休がよく使った銅器を専好は取り出した。それを利休が毎回座っていた窓辺の席に置いて眺める。長身の利休が背を曲げ、立花を立てている姿が懐かしい。

専好が利休の思い出にふけっていると、専武と平太が現れ、専好の傍らに腰を下ろした。

六角堂の境内で鶯《うぐいす》が鳴いている。

「なあ、専武。私は花を生けていいんやろか」

「兄上、まだ迷ってはるのですか。生きている我々が懸命に生きな、亡くなった利休殿に申し訳がたちませんで」

専武が珍しく厳しい口調で言った。ここしばらく寝込みがちで、専武の体力は落ちている。今日の一件でかなり疲れた様子だった。

専好は膝《ひざ》を叩《たた》いて立ち上がった。

「よし、生けよう。花を待ってくれている皆の為にもやらねばならぬな、専武。平太、明日の花を頼めるか」

平太は、大きく頷き、

「はい。今すぐでも大丈夫です」

実は平太はこの二か月の間、専好にいつ頼まれても応じられるように毎日花を用意していた。使ってもらえないと分かっていても用意し続けていた。だが何も言わなかった。そういう男である。

翌早朝、平太は花材を荷車に乗せて、六角小路に現れた。山門をくぐり、本堂に一礼し、目線を上げたその時、

「平太、おはようさん」

すぐ横に専好が立ち、大きな声で挨拶した。平太は驚き、ギャッと小さく叫んだ。

大きな体に似合わぬ派手な驚きようが面白く、専好が大声で笑った。朝の静寂の中、専好の笑い声が境内に響く。平太は、専好の明るい笑顔にホッとした。

「さあ平太よ、生けようか」

「はい。では、花を運んでおきます」

「頼む」

平太が花桶《はなおけ》を担ごうとした時、専好は平太の耳元で言った。

「二か月の間、日々の花の準備、すまんかったな。おおきに」

専好は知っていたのだ。平太が毎日花を準備してくれていたことを。

「…………」

平太は感激のあまり、うなずくのが精一杯であった。

ようやく心の整理がついた専好は堺の利休邸に宗恩を訪ねた。

利休の位牌《いはい》に静かに手を合わせる。

「利休殿、私はまた花を生けることができました」

専好は気持ちを伝えた。

関白秀吉の逆鱗《げきりん》に触れた末の切腹という事情からか、今では利休邸を訪れる人もめっきり減っていた。茶頭《さどう》を務めた生前の利休を考えると、掌《てのひら》を返したような人々の態度に、専好は怒りとともに寂しさを感じた。

利休亡き後もしっかりと手入れされた庭を横切り、利休邸の茶室で宗恩と差し向かいに座る。

「主人は生前、何かというと専好様のことを話して聞かせてくれました。最後に六角堂にうかがった日の晩など、それは興奮して話し続けたものでした。今日はこれの花が生けてあったということから、いったいどうして松の枝一本であれだけの躍動感を出せるのだろうかといったことまで……」

宗恩の言葉に、利休の姿が脳裏に浮かび、専好は思わず涙ぐみながらうなずくのが精一杯だった。

「そうやったんですね。それはほんまに光栄なことです」

「主人がそこまで心酔するお花とはどのようなものだろうと、ずっと見たいと思っていました。それが主人の死の直前、やっと叶《かな》いました。実際に目にすると、それまで私が心に思い浮かべていた花とは比べ物にならないくらい凛《りん》として、生き生きとしたお花でした」

「いいえ、私の方こそ、利休殿の教えに目を開かれるところが多々ありました。利休殿は人が気づかないところ、目には見えん深いところを見抜く鋭い目をお持ちでした」

宗恩が点《た》ててくれた茶を一口口にすると、専好は続けた。

「利休殿は茶の道の探究を進めるほどに、装飾をそぎ落としていかれた。簡素な中にこそ真の美が宿っているんやと。実はそれは、花にも通ずる真理なんです。私がいつも心を砕くのは、花自らが持っている美しさをどう引き出して、再現するかということです。人の手によってできることなんぞ、そもそもごくわずかなもの。自然がもともと持っている美しさをどう引き出すことができるか、そこが最も大切なんです」

専好は茶室を見渡し、小さくうなずいた。板の間には、ほんの一輪、可憐《かれん》な菫《すみれ》が質素な陶の器に挿されていた。

「この茶室には、利休殿の美が隅々に至るまで満ちてますなあ。私は利休殿の美をもっと学びたかった。いや、私より利休殿ご自身が最も無念やったはず。口にこそ出しませんでしたが、互いの道でそれぞれが思うところの美を究めんと切磋琢磨《せっさたくま》し、論じ合える同志のようなものやった……」

専好の頬を一筋の涙がつたう。

「そこまで主人のことを理解してくださっていたのは、専好様だけかもしれません」

宗恩はそう言いおくとしばし席を外し、小さな包みを手に戻ってきた。それは桐の箱に収められた黒楽茶碗《ちゃわん》だった。

「主人の形見です。この茶碗には美の原点があるとよく申しておりました。これは、きっと専好様のお手元に置かれた方が主人も喜ぶと思います。どうかお持ちいただけませんか」

「……」宗恩の目を見つめながら言葉を探した。だが、見つからなかった。

「利休殿」

専好は茶碗を手に取った。そのごつごつとした茶碗の手触りから、利休の肌のぬくもりが伝わってきそうだった。目を閉じると瞼の裏に利休と過ごした日々が思い起こされてくる。

清洲城での花いけ、六角堂での花いけ、利休庵でもてなされたこと、北野天満宮での大茶会、蟄居《ちっきょ》の直前に六角堂で会ったこと……。時が経っても鮮明に蘇《よみがえ》ってくる。

「利休殿」ともう一度口から漏れた。

利休邸から戻り、本堂の前に立った。黒楽茶碗を手に六角堂の柳が風にゆれるのを眺めていると、人の世の無常さ、人は誰でもいずれ散っていく存在であるという当たり前の事実をようやく受け入れられた気がした。

そして、自分は花を生けねばならないとあらためて思った。利休が背中を押してくれているような力強さが体の奥から湧き上がってくる。ふさぎ込んだ自分に光を与えてくれるのは、やはり花なのだと心から思った。

【十二】

天正十四年（一五八六年）から十九年（一五九一年）にかけ、秀吉は京の町の大改修を行っている。

荘厳華麗な平安京は、十年に及ぶ応仁《おうにん》・文明《ぶんめい》の乱で焦土と化した。その後、焼け残ったわずかな地域を中心に小さい町がいくつか集まり町組となり、その町組が更に集まった大規模な集落「惣町《そうまち》」が形成されていく。室町幕府の衰退もあり、各惣町とも、それぞれ町人による自治が行われるほどに力を持つようになっていった。

京を押さえることは、武将たちにとって、「天下」を意味した。それを最初に実行したのは織田信長であった。

信長は室町幕府側であった上京を焼き討ちし、室町幕府を追い込んだ。ただしこの焼き討ちの前に、町人たちは避難させていたといわれる。それに対して下京側は信長を支持した。そうした事情により、下京にある本能寺が、信長の京における宿営に選ばれたのである。だが運命のいたずらか、皮肉にもその下京で非業の最期を遂げることとなった。

　秀吉は敬愛する信長の発想を引き継ぎ、京の都を目指し、今、現実に自らの手中にした。一介の農民だった男が、ついに信長が成し遂げられなかったその夢を実現したのだ。

　秀吉は自らの屋敷である聚楽第の造営にはじまり、その周囲に武家町、公家《くげ》町、寺町を造った。身分によって居住地を分けた狙いは、税の徴収や都の防衛であった。さらには、碁盤の目の町割りに多くの小路を設け、短冊形の町割りに変えた。これにより人口は増加し、また楽市楽座もつくられ商工業がおおいに活性化する源となった。その点では、関白秀吉の新しい都づくりは成功だった。

　だが、その新しい都づくりには一部に反発もあった。下京の中でも鉾町《ほこまち》と呼ばれる地域だ。鉾町とは、京の都が熱く燃える祇園社の祭礼「祇園御霊会《ごりようえ》（現在の祇園祭）」を受け継ぐ町である。祇園御霊会は下京の鉾町に住む者にとって誇りであり、伝統の祭りを取り仕切ってきたこの町の結束は固く、従来通りを主張し、ついに奉行側も町割りを断念した。経済力を持った町衆の力を秀吉も警戒したのだ。

今、その鉾町の中心人物となっているのが十一屋吉右衛門だった。今の吉右衛門の住まいは六角小路を西へ四筋ほどいった町小路を南へ下った辺りで、南観音山《みなみかんのん》の世話人を務め、持ち前の正義感で人心を集めていた。

下京の町衆は時として、政府を脅かしかねない危険な存在と見なされた。

利休の死から二か月が経とうとした時期に、六角堂に町衆、武家、僧、農民までもが大挙して押し寄せた話は、下京の目付役、林田新兵衛の耳にも届いた。

新兵衛は、北野大茶湯で秀吉の護衛をしていた男だ。野心家で強欲であるから、六角堂の池坊専好の不穏な動きを上に伝え、あわよくば出世してやろうと考えた。

(池坊専好を囲んで下京の町衆が何やら謀《はかりごと》をめぐらしているらしい)

根も葉もない話をでっち上げ、奉行所を通じて石田三成への上申に漕《こ》ぎつけた。

「石田様、六角堂に不穏な動きがあるようでございます。如何《いかが》いたしますか」

「おぬし、何を根拠にそのようなことを申しておる」

「ははっ、あの千利休の四十九日翌日、早朝より六角堂に町衆が集まりました。町衆だけではありません。武家、僧、農民とその数ざっと数百……一千人になろうかというほどでした」

　三成の目が光る。

「ほう、そうか、一介の僧侶《そうりょ》が一千人の者を集めて何をしようとしておるのじゃ。そち、そちは名を何と申したか」

「はは、下京の目付役、林田新兵衛でございます」

「では新兵衛、おぬし引き続き、六角堂を見張っておれ。何か怪しい動きがあるようなら逐一わしに知らせるように。よいな」

（池坊専好。利休めの連れであったな。何かと目障りじゃ）

　秀吉の都づくりに反発した鉾町とその町衆の人心を集める六角堂。利休と並ぶ人気の専好。聚楽第側にとっては目障り以外の何物でもなかった。

（秀吉様のお耳に入れておいた方がよかろう）

「池坊専好か。そうじゃ、忘れもせんわ。わしの大茶会で利休と結託しておった僧じゃのお」

　秀吉は忌々しそうに顔を顰《しか》め、顎髭《あごひげ》を触った。

「それでなくとも下京の町衆は結束が固く、やっかいな存在。専好を担ぐようなことがあれば面倒では」

石田三成お得意の、秀吉を誘導せんとする口ぶりである。

「そうじゃのぉ」

大名同士の大きな戦は無くなったが、まだ各地では一揆《いっき》が発生し、手を焼いている。その一揆が下京で起こるとなると、足をすくわれかねない。

(消すか……)

秀吉の頭の中でそんな考えがわきあがったその時、小姓が駆け寄った。

「関白殿下。鶴松様が発熱されたようでございます」

「鶴松が、またか。すぐ参る」

秀吉は、飛び跳ねるように立ち上がった。三成は慌てて聞き直した。

「秀吉様。池坊専好はいかがいたしましょう」

「そちに任せる。少し釘《くぎ》でも刺しておけ」

「承知致しました」

(くそっ、あと一歩であったのに。命拾いをしおって)

三成は悔しそうに膝《ひざ》を打った。

秀吉の嫡男鶴松は、生まれつき病弱で病を繰り返している。この年は原因不明の発熱が春先から続いていた。鶴松を溺愛《できあい》する秀吉にとって、何より辛《つら》い日々である。

徐々に弱っていく我が子に身を切られるような思いだった。

（なぜ我が子がこのように苦しまねばならぬのじゃ）

この思いが秀吉の腹の底に行き場のない怒りを沸々と湧かせた。ぐるぐると蜷局《とぐろ》を巻きながら、爆発の時を待っているのである。


六月、いよいよ祇園御霊会がはじまった。鉾町には豪華な山鉾《やまほこ》が立ち並び、その美しさを競い合う。どの鉾町からも祇園囃子《ばやし》が気持ちよく鳴り響いていた。

専好はおたみ、豊重、桜子を連れ、祭りへ繰り出した。一行はまず太字町にある山鉾、「太子山《たいしやま》」へ行く。この太子山には六角堂ゆかりの聖徳太子が祀《まつ》られている。この山の太子像は髪を美豆良《みずら》に結った少年の姿で、右手に斧《おの》、左手に扇を持っている。そして、この山鉾の頂には松でなく杉が立てられている。神の宿る「依代《よりしろ》」として多くの山鉾では松を使うが、ここ太子山では杉なのである。これは「六角堂縁起」を元にしたものと言われている。

六角堂の縁起では十六歳の太子が四天王寺建立のための良材を求め、自ら山城国愛宕《あたご》郡の山に入った折、護持仏如意輪観世音菩薩のお告げに従い、大杉の木を使って六角堂を建立したと伝える。斧を手に持ち杉に向かう太子像は、この場面を表現したものであろう。

町衆が待ちに待った祭りである。下京の通りという通りに人が溢《あふ》れている。近年の秀吉が行った町割りにより人口が増え、例年以上の賑《にぎ》わいをみせている。道端には露店が現れ、活気に溢《あふ》れていた。

「こうして皆で出かけるのも久しぶりやなぁ」

専好が笑顔で言った。様々につらく厳しい気持ちで始まった年である。こうして家族四人で祭りに繰り出せる気持ちを取り戻すまでは、葛藤《かっとう》する日々であった。誘ったのはおたみだ。

(本当に家族とは有り難いな)

歩いていくと、道端に簪《かんざし》を売る店を見つけた。

「どれ」

専好は冷やかしのつもりで品物を覗《のぞ》き込んだ。あまり高価な品ではなかったが、可愛い薄桃色の桜の花びらを模《かたど》った簪をみつけた。専好は桜子を呼んだ。

「桜。こっちにおいで。どうや、綺麗《きれい》やろ」

桜子のことを専好は「桜」と呼ぶ。

「わあ、かわいい。うち、それ欲しいなあ」

「そうか、欲しいか。よおしほんなら買《こ》うたろ」

専好はわざと大袈裟《おおげさ》に勢いをつけて簪を買った。目の前で簪を買ってもらったことが嬉《うれ》しくてたまらない桜子は、専好の足に抱きついて喜んだ。

「父上、おおきに」

普段、多忙な専好にこうして甘える機会は少なかった。専好は、その桜の簪を桜子の髪に挿してやった。

「おお、桜。よう似合うで」

豊重とおたみも口々に言った。

「お、桜子。父上に買うてもろたんか。おてんば娘が少しは上品にみえるで」

「もう豊重は余計なことばかり言って。桜子、よう似合《にお》てるよ」

おたみは桜子の前にしゃがみ、簪の柄を微笑ましげに見つめた。

三条町小路の辻《つじ》を下がったところで季とすれ違った。

「あっ、専好様。こんにちは」

「お季ちゃんも山鉾見物かい」

「はい。それにしても専好様、この鉾町ってやっぱり景気がいいんやね」

季は専好の横にすっと立ち、耳元でささやいた。

「どこの鉾も年々派手になってる。これって景気のいい証拠やんね。うふふ」

そういうと、人の流れに乗り去っていった。季ももう十五歳になっている。ひとつ歳が上の豊重はまだまだ子どもっぽさがあるが、季は既に大人の女を感じさせていた。

町小路をさらに下り、北観音山の鉾を越えたところで、聞き慣れた大きな声が聞こえてきた。

「あっ、吉右衛門さんだ」

桜子が駆けた。

「お〜、桜子かぁ、よく来たよく来た」

吉右衛門は桜子を両手で高く抱き上げた。二人は六角堂でいつも会う仲である。子煩悩な吉右衛門は桜子をよくかわいがる。桜子もまるで友達のように接するところが微笑ましかった。

「ねぇ、みてみて。この簪」

桜子が自慢げに吉右衛門に頭を突き出しながら言った。

「おお、かわいいねぇ、桜子。どないしたんや」

「父上がね、桜子に買ってくれたんよ」

「おお、そおかぁ、よかったなぁ」

吉右衛門は、桜子の姿に亡くなった自分の娘、初を重ねていたのかもしれない。

桜子をゆっくりと下ろしたところで、ちょうど専好が追い付いた。

「専好様。ようこそおいで下さいました」

「やあ十一屋殿。随分な賑わいですなぁ。この辺りはほんまに景気が良いようですな」

「へぇ、お蔭《かげ》様で」

そう言うと、吉右衛門は自慢の山鉾を見上げた。他の鉾と比べても一際大きく、立派な装飾が施されており、その隆盛ぶりが窺《うかが》える。

その時、

「吉右衛門の旦那《だんな》。ちょっとお願いできますか。あっちで揉《も》め事ですわ」

同じ鉾町の男が吉右衛門に声を掛けた。どうやら若い者たちが喧嘩《けんか》をはじめたらしい。

「ったく、しゃーないやっちゃな。わかった、今いくわ」

そういうと、先ほどの桜子を抱えた時とは別人のように厳しい表情をつくり、

「専好様。という訳でちょっくら行ってきますんで。これにて失礼」

と言った途端、猛烈な勢いで走っていってしまった。

(ほんとに真っ直ぐなお人やな)

そういう吉右衛門が専好は好きだった。

その後も四人はゆっくりと山鉾見物を楽しんだ。

「なあ、専好様。たまには皆で山鉾を見にいきまへんか」と言ってくれたおたみを可愛く思う。自分にとっては太陽のような人だと思っている。どんなに雨が降ろうとも、その雨が続こうとも、一番そばに太陽がいる。利休切腹後、どん底だった自分にいつも寄り添い、静かに暖かく包んでくれるおたみに感謝の気持ちでいっぱいであった。吉右衛門ら町衆の願い出によってもう一度花を生けるきっかけをもらった時、それを一番喜んでいたのはおたみだったことを専好は知っていた。あの日、皆が寝静まってから、涙を流すおたみの姿に気がついていた。

(私も利休殿のように、最後の最後まで美を追い求める人であろう)

それが、励ましてくれる人たちへの恩返しなのだと心に強く思った。

日が傾き、西の空が赤く色づき始めるころ、一家は六角堂に戻った。

すっかり寝てしまった桜子を専好が背負い、おたみが後ろから支えるような恰好《かっこう》で寺坊へ小走りで駆けた。もう日暮れ近くのため、境内に人の影は見当たらなかった。専好は今日一日の楽しかった場面を反芻《はんすう》し、満たされた気持ちでいた。

外出から戻った時いつもするように本堂へ向かった。すると、本堂の前に一人の武士が立ってこちらを見ていた。その身なりや佇《たたず》まいからただ者ではない、明らかに武将であると感じた。深い緑色の袴《はかま》をはいた男の持つ雰囲気は、これまで出会った武将とは異なり異様なほど鋭く研ぎ澄まされ、切れ長のその両の目で見据えられるだけで、太刀を首筋に突き付けられたかのような恐怖を感じた。専好は生唾《なまつば》を飲み込んだ。

「どちら様でございましょうか」

専好は全身を貫いた恐怖を表に出さないように、冷静を装って尋ねた。

「池坊専好殿ですな」

感情がまったくないかのように、無表情のまま尋ね返された。

「いかにも、六角堂の池坊専好でございます。貴方《あなた》様はどちら様でしょうか」

「拙者は、石田三成と申す」

その武将は真っ直ぐに専好を見据えている。その眼は陰湿で執拗《しつよう》な鈍い光を放っていた。
専好の背中に激しい悪寒が走り、首筋を汗が流れ落ちた。
(これが石田三成か)
どれくらいの時間であっただろう。恐らくは一瞬のことだったろうが、専好には
ひどく長い時間のように感じられた。
「池坊殿は関白殿下がさぞや憎いでしょうな」
挨拶《あいさつ》もそこそこに三成がいきなり切り込んだ。
(利休殿のことを言っている)
直感的に専好は悟った。
「なんのことですか。おっしゃっている意味がわかりまへんが」
何をしに三成が六角堂を訪ねたかがわかると、意外に落ち着きが戻ってきた。
「ほぅ。しらを切りますか」
三成は専好に聞こえるか聞こえないかの小さな声で言った。
しばらくの沈黙の後、
「六角堂は良い寺だ。下京の中にあって一際緑濃く、聖徳太子ゆかりの寺院として
信頼も厚い。確か西国巡回の寺であったな」

三成はくるりと向きをかえ、本堂前を歩きながら言った。専好は黙っている。

「さらには花の名家としてその名は内裏にまで聞こえるほど。ここまでの名声を築くには、さぞやご苦労も多かったことでしょう」

（何が言いたい）

専好の鼓動が高鳴る。

間をおいて三成が口を開いた。先ほどまでより低い声だった。

「先日は数百の町衆がこの六角堂に集い、何やら企てを行ったという報告がきておるが真《まこと》か」

三成が振り向いた。氷のような冷たい視線で専好を睨《にら》んだ。

（根も葉もなきことだ）

専好は口に出しては言わなかった。あの状況をどう説明すべきか見当がつかなかったし、揚げ足をとられかねないとも思った。

「ふんっ」

三成は、目線を下方に逸《そ》らしながら言った。

「まあよい。しかし池坊殿……」

突然目を見開き、顔を思い切り専好に近づけてきた。

「くだらん考えをお持ちなら捨てられよ。これは忠告である」

三成の口から唾《つば》が飛び専好にかかった。

「でなければ……」

専好が身構えた。

「死を賜るぞ」

今まで涼しい顔でしゃべっていた三成が突然声を張り上げ、専好は一瞬怯《ひる》みかけたが、何とか持ちこたえた。

「今日の用向きはそれですか」

専好は冷静に受け流した。三成は無表情で専好を見つめたままだ。

「左様。これにて御免」

日はすっかり沈み、名残のような夕焼けが広がっている。

三成は山門横に待たせていた従者を引き連れ、視界から消えていった。

一人本堂に立ちすくんだ専好は、空を見上げた。胸が締め付けられるほど赤い空を。そしてゆっくりと消えてゆく今日という日を確かめるように思い起こした。

頭でゆれる簪《かんざし》に喜ぶ桜子の笑顔と、三成のあの無表情な顔とが、頭の中をぐるぐると回る。

「死を賜るぞ」

突き刺すような目。今頃になって体が震えだし、いつまでも止まらなかった。

【十三】

天正十九年（一五九一年）八月。

「それは誠か」

秀吉の声が聚楽第に響きわたった。側室、淀殿との間に生まれた秀吉の嫡男、鶴松が死去したのだ。わずか三歳であった。秀吉は泣きわめき、鶴松の亡骸《なきがら》から離れようとしなかった。

町衆の間では、鶴松の死は「利休の呪い」ではないかと噂になっていた。噂はすぐに聚楽第の秀吉に届く。秀吉の腹の中で蜷局《とぐろ》を巻いていた怒りが爆発した。

「おのれ利休。よくも鶴松を連れていきよったなぁ」

愛すべき我が子を失った苦しみは、関白であれ庶民であれ一緒であろう。しかしその矛先をすでに自ら死を与えた利休のせいにするあたり、いかにも関白秀吉らしい。

「おのれ利休め。死しても尚《なお》、わしを愚弄《ぐろう》するか」

秀吉は涙を拭《ぬぐ》いもせずに鶴松の名を呼び続けた。鶴松の死から五日後、髪はボサボサにほどけ、目は腫《は》れ上がり汚らしく不精髭《ひげ》が伸びて、関白とはとても思えない人相に成り果てていた。

欲しいものは力ずくでも全て手に入れてきた。手に入らないものはなかった。だが、一番大切な鶴松が手のひらからこぼれ落ちてしまった。

秀吉の悲しみはやがて怒りに変わり、怒りは行き場を求め彷徨《さまよ》いはじめる。

「三成、三成はおらぬか」

「はっ」

すぐに三成は現れた。

追い込まれた秀吉の恐ろしさを三成は嫌というほど知っている。またどうすればその怒りを受け流せるかも心得ていた。

「三成よ、あの利休と通じておった僧はなんと申したか」

秀吉は突如として何かを思い出したかのように立ったまま、首を激しく回しながら言った。目の焦点が合っていない。

「はぁ、六角堂の池坊専好ですか」

「わしが開いた北野の茶会で、我が物顔で茶を振る舞っておったあの利休と結託して、花を立てた者じゃな」

「はぁ」

秀吉はニヤリと笑った。と思ったら、一変し鬼の形相になった。

「北野といえば、あの時、わしは愚弄された。町の娘ごときに。のぉ三成」

三成は秀吉の怒りの矛先に気が付いた。秀吉はしきりに顎鬚《あごひげ》をさわっている。

「三成よ。確か茶々《ちゃちゃ》が鶴松を身ごもった時に、聚楽第の門の屯所の壁に、わしを愚弄する落首が書かれたことがあったのぅ。その時の処分はどうであった」

このとき書かれた落首は、秀吉の側室、茶々が懐妊したことを茶化した内容の落書きであった。

「あの時の犯人は、確か六条河原《ろくじょうがわら》で磔《はりつけ》の刑に処しました」

「そうであったのぅ。落書きを許した門番らとその親類も処刑したのぉ」

「しかし、殿下。四年も前の話で死罪というのはいかがなものでしょうか」

「三成、おぬし、わしに意見するのか。三成よ、偉くなったもんじゃなぁ」

「いえ、滅相もございません」

「利休もわしによう意見しおったわ。わしを猿扱いしよったわ」

秀吉は、再び怒りを露《あら》わにし畳を激しく踏み鳴らした。

「殿下、この一件、三成めにお任せください。たとえ子どもでも関白殿下を愚弄するとどうなるか、目にもの見せてやります」

三成は、これで秀吉の怒りが多少なりとも和らぐなら、いたしかたあるまいと思った。

鶴松の死去の報はすでに都中に飛んでおり、専好のもとにも届いていた。秀吉をどう思っていたにせよ、幼い命が消えてしまったことには哀しみを感じ、その日は弔いの意味で花を立てた。

(秀吉も哀れなものよ。金や権力ではどうにもならない。それが命である)

石田三成が六角堂に来て以来、自らがなぜ花を生けるのか、美を追究することの意味を以前にも増して考えるようになった。

「死を賜るぞ」

三成にそう言われて、利休の本当の苦しさ、そしてその強さが以前よりわかった気がした。

石田三成が来たことは、おたみも含め誰にも話していない。いらぬ心配を掛けたくないという思いからだ。三成の語調は厳しかったが、あくまで警告である。利休と仲がよかった、北野大茶湯で花を生けた、六角堂に人が集った。それだけのことであって、ご法度に背いた訳でも、誰かに迷惑をかけた訳でもない。

(三成がああ言っても、めったなことはなかろう)

専好はそう思っていた。

しかし、今や秀吉の右腕とも言われ、利休の死を裏で操ったとの噂もある人物に「死を賜るぞ」と凄《すご》まれたのである。以前のような気分ではいられなかった。

六角堂の道場では暑中稽古《げいこ》が行われていた。この年の夏も相変わらず容赦のない暑さであった。道場には普段より多くの弟子が集まり、花と向かい合っていた。風も吹かず、灼熱《しゃくねつ》の空気が充満している。静寂の中、専好の厳しい指導が続いていた。

「それはあかん。何してはりますんや」

「なあ豊重よ。どないしはったんや専好様は、えらい荒れてはるなぁ」

あの大挙して六角堂に押し掛けた時から、専好の稽古にちょくちょく顔を出すようになった吉右衛門が尋ねた。

「吉右衛門さんはどう思わはります？　私には何がなんだかさっぱりで……」

祇園御霊会以来、専好の様子が少しおかしいことに豊重も気が付いている。しかしその理由はさっぱり思い当たらない。

「豊重。無駄口をたたいてばかりで手が動いてへんやないか」

専好は常日頃から豊重に対してはことのほか厳しかった。他人の目など気にせず、豊重に自分の持つ技術、知識を全て伝えようという意気込みをまわりの弟子達は感じていた。

専好は三成との一件以降、もし自分の身になにかあったら、この池坊の花が途絶えるのではという危機感から、焦り苛立《いらだ》っていた。その責は重い。

弟の専武は花の技術、知識とも高く、一時代をつくるほどの〝上手〟であった。身体さえ丈夫であれば、専好とともに池坊の花をもり立てていける存在だったが、ここ数年寝込む日が多い。専好は守り伝えることの難しさに押しつぶされる思いであった。

【十四】

天正十九年（一五九一年）十二月。六角堂山門の南側にある「鐘月庵」では、猫の手も借りたい師走《しわす》を迎えていた。一人娘の季も、この時ばかりは手伝いに駆り出されていた。

季と豊重は幼馴染《なじ》みである。幼い頃から六角堂の境内で日が暮れるまで追いかけっこなどをしていた。十をこえた頃からは、季は京娘らしいおませになったが、豊重は季から見たらまだ幼く少年のままで、興味の対象から消えていた。それが十六歳を迎えたこの年、豊重は一気に成長し、少年から青年へと脱皮したように見えた。

今年の春、僧の修行を終えて六角堂に戻り、季に出会った時、季の驚いた顔が豊重には可笑《おか》しかった。豊重は何度もその時の顔真似をして季をからかった。

「あの時のお季の顔ときたら、ものすごい顔やったで。こんな感じで」

「も〜、豊重さんったらまたその話。怒りますで」

季はそう言うと豊重の背中を叩《たた》いた。

「痛《い》ってぇ」

「こんな可愛い娘を馬鹿にした罰でございます。ふんっ」

「あ〜、可愛くないなぁ〜」

他愛もないやりとりだが、二人にとってはこうしてふざけ合っている時が一番楽しく、幸せに思えるのであった。豊重にとっては初恋だった。ただ一緒にいるだけでよかった。

十二月十日。この日は朝から店も大混雑していて、てんやわんやであった。行列は店から六角堂の山門の前まで伸びていた。

昼下がり、ようやく少し客が引けてきた店の中に突然大柄な男四、五人が駆け込んで来た。

「季という娘はおるか」

手には槍《やり》を持ち、腰には太刀を下げている。強盗の類《たぐい》ではないようだ。

「へ、へえ。うちです」

季は状況がわからず、答えるのが精一杯だった。

「わしは目付役、林田新兵衛である。関白殿下を愚弄《ぐろう》した疑いでお縄にする。神妙にするがよい」

「えっ、なんのことですか」

季にはまったく覚えがない。店の奥からは父と母が飛び出してきた。

「お奉行様。店の亭主でございます。これは何かの間違いではございませんか。うちの娘に限ってそのようなことをするはずはございません。断じてありません」

父は土下座し、床に額を擦《こす》りつけながら懇願した。

新兵衛はにんまりした。三成から見せしめにせよと直々の命令を受けた。首尾よくこなすと出世すると耳打ちされていた。

「お奉行様、お願いします。季は何もしていません。何かの間違いです。どうか、どうか」

声は震えて、途切れ途切れになっていた。

新兵衛は店の腰掛に座り、陳列された餅《もち》をつまみ口に放り込んだ。そして指をなめながら言った。

「亭主、すでに調べはついておる。お前の娘は、先の北野大茶湯の折、関白殿下のすぐ横で、田舎者、そして猿と言うたのじゃ。わしもその場におった」

「あっ」

季は膝《ひざ》から崩れおちた。しかしあの当時は誰もが言っていたこと。

「何でうちだけが……」

「お季ぃ、なんでお季がぁ、いやぁ」

母が季をかばうように背後から抱え込んで泣いた。

「お奉行様、なにとぞご勘弁を。なにとぞご容赦のほどを」

父が新兵衛の足にしがみついた。

「はなせ、はなせ亭主」

「いや、はなせません。わしらの季を、季をはなす訳にはいきまへん」

「構わん、者ども連れて行け」

新兵衛は父親を蹴《け》り飛ばし、容赦なく大柄の男に命じた。大柄の男は母の耳元で言った。

「わしかてこんな真似、したくはないんや。堪忍やで」

新兵衛は足にしがみつこうとする父の手をほどくと号令を出した。

「皆の者、参るぞ」

後ろ手に縛られた季が、罪人用の籠《かご》に入れられ、その籠をみこしのように男二人が担いだ。父と母は店先に這《は》うようにして出た。

「お季や〜、お季や〜、いや〜」

母の悲痛な叫びも空しく、季を入れた籠は六角小路を東へ進み始めた。

その時、騒ぎを聞きつけた豊重と専好が山門を飛び出してきた。

「お季はどこや」

豊重の言葉に、やじ馬が指差した。専好と豊重は奉行の男たちに駆け寄った。

「お季ぃ〜」

籠の中にうずくまり泣いていた季は、その声を聞いた途端はっと顔を上げ、力を振り絞り叫んだ。

「豊重さんっ」

豊重は大柄な担ぎ手の右に回り込み、籠にしがみついた。

「お季、お季、お季。大丈夫や。大丈夫」

「豊重さん、豊重さん」

季の顔は涙と土で泥まみれになっていた。つい先ほどまで、真っ赤に上気したつるりとした頬であったのに、見る影もない。

「離れろ小僧」

新兵衛は豊重の腹に蹴りを入れた。鳩尾《みぞおち》を蹴られた豊重は息を詰まらせ、もんどりうって倒れた。

一拍遅れて左から回り込んだ専好が籠に取りついた。

「お季ちゃん、大丈夫だ、わしが嘆願をするさかいな」

「専好様、うち、怖いよ、怖いよ」

大男に凄《すさ》まじい力で襟首をつかまれた専好は、籠から引き離された。

「お季ちゃん。大丈夫やからな」

「専好様～」

一行は駆け足で東洞院大路を左に折れていった。

店先では季の父と母がうずくまり、泣き叫んでいた。

専好は肩で息をしている。砂塵《さじん》が六角小路に煙っていた。鶴松の死と「利休の呪い」が背後にあるのではないかと直観した。季に「大丈夫」と慰めを言ったが、あの様子ではおそらく死罪はまぬがれぬであろう。あの娘がいったいどんな罪を犯したというのだ。腹の底から怒りが湧き上がってきて煮えたぎり、どうすることもできなかった。

ていた。


「秀吉ぃ、ええかげんにせんかぁ」

それが専好の声だとは考えられないような、腹の奥底から出た声だった。

専好の叫びに皆が驚いた。すでに六角小路に騒ぎを聞きつけた町衆が集まって来ていた。

その日の午後から、十一屋吉右衛門を中心に下京の町衆をあげて奉行に嘆願に行くも、受け入れられなかった。それから四日後、冷たい風が吹く日に、季は六条河原で磔《はりつけ》にされ、父母も同じく処刑された。あの北野大茶湯で季と一緒に歩いていた他の娘三人も同じく、親族ともども処刑された。罪名は関白秀吉を愚弄《ぐろう》した罪であった。

処刑の後、吉右衛門が裏から手を回し、若き娘たちとその家族の亡骸《なきがら》を丁重に埋葬することだけはできた。

「父上、なんで何の罪もないお季がこのような目にあわねばならなんだのでしょうか」

豊重が墓前に手を合わせながら聞いた。豊重は気丈にも取り乱すことなく、耐えた。専好は豊重の肩を抱きかかえた。肩廻《まわ》りについた大きな筋肉の凹凸が感じられる。一人前の男の肩であった。

「豊重よ。よく耐えた。今日は思う存分泣くがよい。お季ちゃんもきっと許してくれるやろう」

その専好の言葉に必死で堪《こら》えていた涙が溢《あふ》れ、豊重は声を上げて泣いた。

専好は張り裂けそうな胸の痛みを堪えながら、お季が好きだった花を手向けた。

秀吉の愚行により、また人の命が奪われた。人の命がこんなに軽いわけがない。もうこれ以上、このような不条理があってはいけない。あれからすでに四年がたっているというのに、何の意味があるというのか。お季にどれだけの罪があるというのだ。このような非道がまかり通ってよいはずがない。専好の怒りは収まらなかった。

秀吉はこの年、関白を甥《おい》の秀次《ひでつぐ》に譲り、自らは太閤《たいこう》となった。翌年には朝鮮出兵を企て、海の向こうを目指すようになる。この秀吉の愚かさに諸国の武将たちからも不満の声があがったが、利休亡き後、直接秀吉に諫言《かんげん》できる者はもはやいなかった。

下京の町は、深い悲しみを抱えたまま新年を迎えた。

専好は、下京の衆のために毎日花を生け続けた。自分が落ち込み花を生けられなかった時に、下京の皆に励まされた感謝の気持ちを花に込めた。多くの町衆が六角堂を訪れ、専好の伸び伸びと弾む一枝一葉に心癒《いや》された。

専好の花には不思議と人に元気を与える力がある。そう十一屋吉右衛門は思っていた。自身も花を嗜《たしな》むようになってつくづく思う。娘の初は専好の花を見て、もう起きあがれないだろうと思っていた体が動いた。そしてなんとか生きようとした。季の一件で落ち込んだ町に、何とか希望の光を与えて欲しいと願った。

「十一屋殿。私なら大丈夫や。前のように落ち込んだりはしない」

「あの時は大変でした。来る日も来る日も花がない。花がないことがこれほど堪《こた》えるとは思ってもみなかったですわ」

「そうやったな。確かに十一屋殿もひどい顔、してはりましたわ」

「もう、専好様にはかないまへん」

専好は吉右衛門と話していると安心することができた。年齢も近く、今では家族のように気の置けない仲であった。

【十五】

文禄《ぶんろく》二年（一五九三年）十月。秀吉の周囲では、六角堂と池坊専好を危険視する声がたびたび上がるようになっていた。

六角堂へ、町衆の求心力が高まっている。六角堂は、下京の会所として何か事があれば人が集まる。それに加え、専好の花の評判はうなぎのぼりであった。それは秀吉の側から見れば不気味だった。いずれ武装化、そして一揆《いっき》などの反乱へと発展する恐れを秘めている。京は今、秀吉の大胆な都づくりによって景気が上向き、特に下京には人と金が集まっている。城下町化政策が功を奏しているとはいえ、いまだ時代の雰囲気として下剋上《げこくじょう》は根強くあり、ひとたび火がつけば何が起こるかわからない。

殿下の天下統一の象徴が京の都の安定である。石田三成はそう思っている。その中で六角堂の存在が目障りだった。ただ、池坊家は代々続く花の名家。訳もなく取り潰《つぶ》すことは叶《かな》わない。三成は密《ひそ》かに林田新兵衛を呼び寄せ、密命を与えた。

「方法はそちに任せる。六角堂から町衆の心を引き離すのじゃ」

「はっ、心得ました」

「行け」

三成は金子《きんす》の入った袋を床に放った。新兵衛はそそくさとその袋を拾い、袂《たもと》へ入れた。

晩秋、すでに肌寒さを感じさせる風に、六角堂の大銀杏《いちょう》が黄金のように輝く葉を揺らしている。

専好は、久しぶりに十一屋吉右衛門邸の茶室を訪れていた。娘の桜子も連れていた。というより、吉右衛門のところに行くというと、連れて行けと言ってきかないのだ。よほど吉右衛門に懐いている。

「やぁ、専好様。ささ、こちらへ。桜子ちゃんも、おいでやす」

茶道服のような粋《いき》な着衣の吉右衛門は、こぼれるような笑顔で二人を迎え入れた。

「おじゃまいたします」

十一歳になった桜子はお辞儀をして中に入った。その素振りがやけに大人っぽく専好には感じられた。

（大きくなったものやなぁ）

信長が本能寺で落命した翌年に生まれたのが桜子である。専好は、時の過ぎ去る速さを思わずにはいられなかった。

「ねぇねぇ、父上、これ食べてもええの？」

それでも、用意された色とりどりの菓子を見たとたん、十一歳の子供に戻る。それが可笑《おか》しかった。

「ははは、ええよええよ。桜が頂きなさい」

吉右衛門は顔をほころばせた。

桜子は、何が可笑しいのだろうという顔をして吉右衛門を見た。

「ほら、父上もよいと言われたんやし、さぁ、遠慮のうお食べ」

「吉右衛門のおっちゃん、おおきに」

そう言うと、桜子は全く遠慮なく口に詰め込んでいった。

「十一屋殿、お初ちゃんが亡くなってもう何年になりますやろか」

「もう二十六年になります。早いもんです」

専好は茶を啜《すす》った。吉右衛門が続ける。

「最近私ももうろくしてきておりますが、でも、お初の記憶というもんは色あせまへん。なんや今でも隣の部屋にお初がおるんちゃうかなというくらい、よう覚えています」

「ああ、ええ子やったなぁ」

「はい、ほんまええ子でしたわ」

吉右衛門が桜子を見た。その顔は優しい父親のそれだった。吉右衛門は、あれ以来ずっと一人で暮らしていた。妻と子の思い出は、いつまでも吉右衛門の心の中にそのままにあるのであった。

吉右衛門は町の噂を専好に言えずにいた。

「六角さんの周辺を、このところ人相の悪い輩《やから》が数名、嗅《か》ぎまわっている」

六角堂周辺に住む町衆は、そう言っていた。吉右衛門にも覚えはある。ここ数日、決まって同じ輩が山門前に立ち、中の様子をうかがっていた。心配になった町衆が吉右衛門に相談を持ちかけてきたのだ。

(秀吉の差し金かもしれんな)

吉右衛門は感じていた。秀吉の朝鮮出兵もうまくいっていないと聞く。

（どうせ、利休殿と並ぶ天才の美に、いまだに嫉妬《しっと》しとるんやろ。これ以上、下京で猿に好き勝手されてたまるかいな）

これについて専好に話すのを躊躇《ちゅうちょ》しているのは、専好一家にいらぬ不安を抱かせたくなかったからである。

（心配せんでええ。わしがこの一家を、六角さんを守る）

林田新兵衛は浪人の輩を使って、六角堂の様子を調べていた。ただし池坊専好を探っているわけではない。専好を担ごうとする町衆の様子を調べていたのだ。放った輩の話を総合していくと、町衆の中で十一屋吉右衛門が中心にいることがわかってきた。

（十一屋吉右衛門か……）

新兵衛の目が鈍く光った。

烏丸《からすま》小路から三条小路を西に向かうと、小さな川が南北に流れている。堀川である。その川に沿った通りを堀川小路という。この通りには、大きな銀杏《いちょう》の木が植えられており、秋には黄金色の落ち葉で通りが敷き詰められ、風雅な人たちはこの時期の堀川小路を楽しみにしていた。

この日は春のような陽気で、吉右衛門は自邸で昼前から酒を飲んでいた。亡き妻・菊《きく》の月命日であり、一人酒を仏前で飲んでいたのだ。普段、昼間から酒を飲むようなことはなかったが、この日はなんとなく飲みたい気持ちになった。午後は六角堂で花の稽古《けいこ》を専好につけてもらう予定である。

(そうだ、堀川小路の銀杏を見に行こう)

吉右衛門は外出の支度をした。このところ、六角堂の警護は自分がする、という気概で短刀を懐に隠し持つようにしていた。

外に出た足取りは確かだ。

(これくらいの酒で足をとられるわけはないわ)

実際、ふらついたりすることはなかった。吉右衛門はゆっくりと三条小路を西へと歩んだ。お昼時ということで、通りは賑《にぎ》わいをみせていた。

「吉右衛門さん、お出かけでっか」

この界隈《かいわい》の者たちはほとんどが知り合いだ。少し歩けばそこここから声がかかる。

「風雅なわしは堀川小路へ銀杏狩りに行くのよ」

この明るさが、彼が皆に好かれる理由であった。誰に対してもこの明るさを失わない吉右衛門に、町の衆は自然と心を開くのだった。

堀川小路にも優しい日差しが降り注ぎ、銀杏の並木道には多くの見物人がいた。吉右衛門は通りの端に座り、人々の往来をのんびりと眺めていた。若い者もいれば、年寄りの姿もあった。ぼんやり腰を掛け眺めていた吉右衛門は、「あっ」とその場に立ち上がった。

ちょうど自分の目の前を通り過ぎていく男は、確かここ数日、六角堂の様子をうかがっていた輩の一人である。数名の男たちの中でも、もっとも若く小柄で、いかにも気が弱そうな男だ。

(しめた。あいつをとっちめてやろ。いったい誰の差し金や)

吉右衛門は男の背後に静かに近づいた。そして、不意をついて、男の腰の刀を鞘《さや》ごと引き抜いた。

「何をする。何者じゃ」

「兄さん、ちょっとそこまで付き合ってや。悪いようにはせん」

さすがに荒くれ者相手に喧嘩《けんか》慣れしているだけあって、その毅然《きぜん》とした態度に男はどうすることもできない様子だった。

吉右衛門は、三条堀川を少し下がったところの細い路地に男をつれていった。おとなしい男で何も言わずについてきた。

やはり吉右衛門は酔っていたというしかない。

どれだけ地の利があったとしても、通常ならこのような危ない橋は渡らないだろう。酒で気が大きくなっていた。

男は、うつむいたまま何も言葉を発しなかった。

(なんや、情けない奴やな)

人気《ひとけ》のない路地裏の細い通りを見つけた。ここなら誰にも気づかれないだろう。

「なぁ、あんた。六角さんの周りをうろうろして、中を覗《のぞ》いたりしてるやろ。いったい何が目的や。誰に頼まれた」

「…………」

「手荒な真似はしたくないんや。兄さんにも家族がおるんやろ。ほら、これで家族喜ばしたってや」

吉右衛門は袂《たもと》からチラリと金子《きんす》を見せた。

(どうせ金で雇われた輩だ。金をくれたら話しよるやろ)

「どうや兄さん。話してくれへんか」

その時、吉右衛門は背後に猛烈な勢いで人が近づいてくる気配を感じた。

（しまった、仲間につけられていたか）

振り返った吉右衛門の目の前に、既に抜刀した男が迫りつつあった。鬼のような形相で詰め寄ってくる。

「くそっ」

一の太刀がきた。左に飛び跳ねるようにしてかわすが、続けて二の太刀が飛んでくる。

「まずい」

後ろに跳んだ。剣先が吉右衛門の左肩をかすめた。かすり傷だ。しかし抜刀した男は間髪を容《い》れず、突きを繰り出す。最初の突きは身をよじるようにしてかわしたが、二つ目の突きが右腹に刺さる。痛みというより、熱さが走った。

「貴様ら、いったい誰の手の者や」

吉右衛門は抜刀男に叫んだが返事がない。

「きゃああ」という女の叫び声が狭い路地に響いた。たまたま路地を曲がってこようとした女が、身を翻して叫びながら逃げだした。

「ちっ、おい、引け」

抜刀した男に続き、ひ弱そうに見えた男も「くそっ」と一言吐き、吉右衛門に奪われていた太刀を拾い、俊敏な動きで走り去った。

(ひ弱も演技だったのか)

すべては仕組まれていたのである。

「あかん。専好様に、桜子に、危険が及ぶ。六角さんに行かな……」

吉右衛門は、起き上がり、右の腹を触った。痛いという感覚はないのに出血がひどかった。それでも構わず走り出した。

(菊、お初。頼む、わしに力を貸してくれ)

三条通を東へ走る。自分では全速力で走っているつもりだったが、傷は深く、まともに歩くことさえままならない。黒い着物を着ているため、激しい出血もすれ違う人にはわからない。

すでに肌寒くなっているのに、吉右衛門は頭の先から汗だくだった。脂汗だろう。うわごとのように、

「六角さんが危ない……専好様逃げて……桜子逃げろ……」

と繰り返し呟《つぶや》く。

ようやく吉右衛門の様子がおかしいことに気が付き、数人の町衆が駆け寄ってきた。

「吉右衛門さん、あかん。どうした。とにかく医者だ、医者を連れてこい」

「まて……それより先に六角さんに……連れて行ってくれ」

「いや吉右衛門さん、こりゃまずい。ひどい傷や」

皆、少なからず吉右衛門の世話になっている。心配するのは当然であった。二人が両肩に手を回し支えているからかろうじて立っているが、誰が見ても一刻を争う状態であるとわかる。このやり取りの間にも容態は悪化しているようだ。

「たのむ。このまま六角さんまで連れて行ってくれへんか。どうしても、そうせなあかんのや」

吉右衛門は頑として譲らない。

「わかった。よし、吉右衛門さんを六角さんまで運ぶで。みんな、手を貸してくれ」

力自慢の男たちが両脇を抱えて走ろうとするが、なかなか難しい。誰かが板戸を担いできた。板戸の上に吉右衛門を寝転がし、走りに走った。

既に人が出て、三条小路に入り込む小路はすべて封鎖され、通りの両側には人垣ができていた。

「吉右衛門、頑張れ」

「死んだらあかん。吉右衛門さん！」

この二十数年、下京の為に奔走してきた吉右衛門に、人垣からは大きな声があがる。

（菊……お初……頼む……）


専好の元にはすでに知らせが入っていた。

今日の午後からの稽古《けいこ》の準備もすでに整っていた。専好は桜子を抱き寄せ、山門へと向かった。豊重とおたみも心配そうな顔で山門の外にいる。医者も六角堂に来るように手配は済んでいた。

（なにをやっておるんや。十一屋殿）

「六角堂の周りをうろうろと嗅《か》ぎまわっていた輩《やから》にやられたようです」

吉右衛門を最初に助けた男がそう聞いたらしい。

「くそっ、また秀吉の手の者か。お季とおんなじや。なんでやねん、くそ」

豊重が山門の柱を叩《たた》いた。初恋の人を奪われた豊重の怒りに再び火がつく。

板戸を担いだ一団が烏丸小路から六角小路に入り、山門の見えるところまでやってきた。

「十一屋殿」

専好が叫ぶ。吉右衛門は本堂前まで運ばれ、板戸が下ろされた。

「十一屋殿。いったいどうしたんや。今からお稽古するんやろう」

専好が吉右衛門の手を握り、大きな声で話しかけた。

「はぁ、はぁ、専好様、変わりありまへんか」

「あぁ、なんの問題もない。安心してくれ。十一屋殿のお蔭《かげ》や」

専好が力強く手を握った。残りわずかな力を振り絞って、吉右衛門も手を握り返してきた。

「あぁ、今日は失敗やった。まんまとやられてしもた」

吉右衛門の目から一筋の涙が流れ落ちた。それを見て豊重が吉右衛門の耳元で大きな声で言った。

「吉右衛門さん、これくらいの怪我、どうってことないやん。気弱になったらあかん」

「そうよ、大丈夫。吉右衛門さんやったら絶対助かる。もうお医者様も来はりますよ。そやから頑張って」

おたみが続いた。

「はぁはぁ、おおきに。おおきにな」

力はないがいつもの吉右衛門の笑みがこぼれた。

「吉右衛門のおじちゃん、どないしはったん？」

桜子は昼寝から起きたばかりで、どうやら様子がわかっていないようだ。吉右衛門は無理やり上体を起こそうとした。さっと専好が腕を入れて支え、ゆっくりと起き上がった。

「桜子ちゃん。おっちゃんな、ちょっと疲れてしもてん。でも大丈夫。何の心配もいらんよ」

「ほんまに？」

「ああ、ほんまや」

そう言うと、吉右衛門は周りの男衆に言った。

「すまんが、頼まれついでに頼まれたって。わしを、本堂の花が見えるところまで連れていってくれるか？」

専好と並んで吉右衛門は本堂の花の正面に座る。松を使った立花が格調高く入っている。

「今日の花もええなぁ」

「おおきにな。十一屋殿。おおきになぁ」

「わしな、お初が死にそうなときに、一回は専好様に助けてもろたと思ってますねん。あの時、草履を片方はき忘れたまま、必死に走ってくれましたなぁ。あの時のお初の嬉《うれ》しそうな顔がわしは今でも忘れられしまへん。だから次、六角さんや専好様に何かあったら、わしが助けるって決めてましてん。それがこのざまや。ほんま、情けないわ」

「何を言わはるんや。礼を言うのはこっちのほうや。十一屋殿には何回助けられたことか」

吉右衛門は座っていることもできなくなり、再び横になった。生命の火が消えかかっているのが専好にもわかった。

「あ〜、楽しかったなぁ」

吉右衛門は目を閉じ、ゆっくり言った。

「十一屋殿、しっかりせえ、おたみ、医者はまだか」

吉右衛門は専好の腕を摑《つか》んだ。

「ええんです。これからは、町衆がしっかりと六角さんを守りますさかいに。安心して、ええ花を生けてくだされ」

「ああ、わかった。おおきにな。ありがとうな。十一屋殿」

専好は強く吉右衛門の手を握った。

「ようやく、菊とお初のところにいけるんやなぁ。専好様、おおきに」

吉右衛門は笑顔をたたえているような安らかな顔でこと切れた。辺りからはすすり泣く声が上がった。

「吉右衛門さんっ」

町の者たちが次から次に名前を叫びながら吉右衛門の骸《むくろ》のまわりに群がった。中には、「ちくしょう、猿の奴」などという者もいた。

専好は静かに手を合わせ、その場を離れ、ひとり道場にこもった。

「十一屋吉右衛門殿。ほんまやで。わしはあなたにどれだけ救われてきたことか。なんであなたがこんな目にあわなあかんのや」


その日の夜、東の空には満月が冷たく輝いていた。しかし専好の心の中には、真っ黒な闇が広がっていた。

「死を賜るぞ」

石田三成は六角堂を訪れそう言った。しかし実際に死んでいったのは、自分の花を好きだと言ってくれた者ばかり。この自分と関わったばかりに……。

（これも警告ということなのか……）

「専好様、うち、怖いよ、怖いよ」

という季の声が、今も生々しく耳の奥に残っている。

季や吉右衛門が一体何をしたというのか。いったい何のために死なねばならなかったのか。

（利休殿、私はどうすれば良いのでしょうか）

専好は利休を思った。利休は晩年、秀吉との確執の中で「自身の美」を貫き通した。おそらく様々な嫌がらせを受け、屈するように圧力をかけられたのだろう。蟄《ちっ》居《きょ》が命じられた際も、多くの武将から「殿下に詫《わ》びよ。詫びれば許される」と諭されたが、利休は意志を曲げなかった。そして自刃する道を選んだ。

（これ以上、六角堂を、そして私を大事に思ってくれる衆を死なせる訳にはいかない）

利休の涙を、無残な姿を思い出した。

お季が味わったであろう恐怖を想像した。

あの明るかった吉右衛門の笑顔が頭をよぎった。

言いようのない怒りがこみ上げているのが自分で感じられる。自分の大事な人を奪った秀吉が心から憎かった。怒りが頂点に達した瞬間、恐ろしい言葉が頭に浮かんできた。

(秀吉に死を)

額に汗が滲《にじ》んだ。

(そんな大それたことが自分にできるやろうか……)

この日の晩のうちに、専好は筆をとった。書状の送り先は前田利家である。

年の瀬、専好は前田利家の屋敷にいた。よく晴れた日で、屋敷内の庭にある会所で会った。よく手入れのいき届いた庭である。

「いやいや専好殿。すっかりご無沙汰《ぶさた》しておりました。北野大茶湯以来ですかな」

「前田様もお変わりなく、何よりでございます」

専好は内心、随分、お痩《や》せになったなと感じていた。利家はそう思わざるを得ないほど、老け込んでいた。恐らく秀吉の傍若無人に振り回され、心も体も疲れきっているのであろう。

専好の訪問がよほど嬉《うれ》しかったのか、利家は時を忘れて想い出話を語った。自分が茶と花によってどれほど救われてきたか、利休と専好からどれほどの感動を与えてもらったかなど、身振り手振りを交えて熱心に話した。専好もついつい懐かしく、泣き笑いしながら利家の話を聞いていた。どれも利休が健在のころの話ばかりで、話の最後にはしんみりとしてしまう。

（今回は昔話をしにきたのではない）

専好は、率直に利家に聞いた。

「前田様、太閤《たいこう》殿下の六角堂に絡む町衆への仕打ちをご存知ですか」

「専好殿、どういうことじゃ」

「北野大茶湯で太閤殿下を愚弄《ぐろう》した罪で若き少女らが磔《はりつけ》にされたのです。六角堂の世話役で自分の弟子の十一屋吉右衛門という男も殺されました」

石田三成の脅しのことは言わなかった。

「さようでしたか……」

ひととおり聞き終わると、利家は頭《こうべ》を垂れた。武家を代表して詫びている。

「太閤殿下は嫡男鶴松様を亡くした。その悲しみようは尋常ではなかった。思えば五十三歳で、ようやく授かった子じゃったからの。鶴松様が亡くなった時、聞こえて来たのが『利休の呪い』だ。利休殿切腹後、わずか半年後の我が子の死。何かのせいにしたくなるのもわかる。その呪うべき相手である利休殿に少しでも縁のある者に牙《きば》をむいた。そういうことであろう」

「理不尽にもほどがある」

専好は一喝した。

「専好殿。太閤殿下は蛇のようにしつこく、一度癇癪《かんしゃく》をおこすと手が付けられん。利休殿のときもそうだ。自分の美を利休殿に完全に否定された。支配したいのだよ、すべてを。武力で天下を取ったように、美でも天下を取りたかったのだよ。利休殿が詫びれば確実に許されたであろう。そもそも死に追いやらねばならぬ理由がない」

「利休殿は言ってはりました。求める美が違ってもよい、と。自分の美に従わそうとする太閤殿下は傲慢《ごうまん》だと」

利家が大きく頷《うなず》いた。

「だが、すでに太閤殿下に物言える方はおられなくなった。利休殿も、弟の秀長《ひでなが》殿も。もう誰もおらぬ。誰かが殿下に耳の痛いことを言わなければならないのだがな。今の殿下に苦言を呈するのは、あまりに危険じゃ」

専好はじっと利家の顔を見つめている。専好は不意に口を開いた。

「前田様。お願いがございます。太閤殿下に会えるように取り計らって頂けませんやろか」

「な、何を申すか」

突然の申し出に利家は驚いた。しかし専好は利家の目を射抜くように見ている。利家は数々の修羅場を掻《か》い潜り生き抜いてきた闘将であり、生きるか死ぬかの現場で多くの男たちを見てきた。今、目の前にいる専好の目は、何かを強く決意し腹をくくった男だけが見せる目であった。

「それはいかなるわけでしょうかな」

利家は少し凄《すご》みを利かせて聞き返した。

一矢報いたい、専好はそう言いかけたが、止めた。

「今、太閤殿下は専好殿にはお会いになりますまい。たとえ専好殿が花の名手とはいえ、太閤殿下と会える身分ではない」

「それは承知しています。一介の僧侶《そうりょ》が太閤に拝謁できるはずもない。しかしこの無念は……」

「ただ……」と、利家は、専好の話をさえぎり、意を決したような表情で身を乗り出した。

「当前田家へ殿下が来られる折、我が家自慢の四間もある大きな床に花を立ててはくれませんか。さすれば、その場で殿下とご対面できるかもしれない。どうですか」

「よろしいのか」専好の胸が高鳴った。

「ああ」と利家は目を閉じて首を縦に振った。

「それはありがたい。他にない絶好の機会です。ありがとうございます」

「ただし……」

利家が低い声で言った。

「専好殿。お分かりかと思うが、今、貴方《あなた》が太閤殿下の前に出るというのは、それだけで非常に危険なことです。太閤殿下の機嫌を損ねると命の保証はない。そうでなくても、どこぞに難癖をつけられ、咎《とが》められることもあり得ます」

専好は頷いている。

「あの北野大茶湯以来、専好殿は利休殿と同類のように思われているだろう。『利休の呪い』に対する警戒心も強い。当日、太閤殿下の機嫌が損なわれれば、私とて手に負えない。覚悟の上か」

「はい。お気遣いありがとうございます」

とだけ専好は答えた。

「それでは専好殿、この前田利家、万事段取りしましょう。おそらく次の御成りは秋になる。当日まで太閤殿下には言いませぬ。日取りなどはまた改めてお知らせします」

専好は前田利家邸を出た。辺りはすっかり暗くなっている。雨がぽつぽつと降り始めている。通りに出ると平太が雨具を持って待っていた。

【十六】

文禄三年（一五九四年）二月。この冬はとかく冷え込みが厳しく、京の町のすべてを雪がすっぽりと覆っていた。

専好は静かに本堂の中で花に向かっている。

梅を真に使った立花。ほんのりと梅の香が本堂の中に漂っていた。寒風に耐えながら花をつける梅は、順調に春が接近していることを実感させてくれる。

年末に前田邸を訪ねて以来、専好の激しい葛藤《かっとう》が始まった。

（これ以上六角堂を大切に思ってくれている人を傷つけることはできない）

季や吉右衛門の顔が浮かんだ。

（しかし、秀吉に詫《わ》びることはどうしてもできぬ）

道場で利休が花を立てている姿が目に浮かぶ。利休の死から満三年となる。ひねりつぶすように利休を殺した秀吉に、何もしていない自分がどうして詫びられようか。

はたして秀吉はどう出るか。自分を見た瞬間、斬《き》るのか、それとも適当な理由をつけて葬るのか。いずれにせよわしは死ぬのか……。

であれば、秀吉と刺し違えねば皆が救われん。しかし太閤《たいこう》を斬り付けたとなれば、わしはもとより、おたみ、豊重、桜子も処刑されるだろう。

花を生けるその横には、豊重の姿があった。

豊重は、十一屋吉右衛門の死後、しばらく稽古《けいこ》をしなかった。いや、花を生けることができなくなっていたのだ。花は心の鏡だと専好は教えた。心の持ちようで、花が生き生きともするし、色を失ったりもする。豊重にとって、季、そして吉右衛門の相次ぐ死は大きかった。

豊重は今は父の手伝いをしていた。

「豊重よ。寒くないか?」

「私は大丈夫です。それより父上はいかがですか」

専好が切り落とした梅の小枝を拾いながら言った。

「ああ、大丈夫や」

真の梅が立ったあと、専好が言った。

「豊重。ここから続きはお前が生けなさい」

「えっ、この続きをここで」

「ああ、そうや。本堂には生けたことないやろう。私が手伝うさかいに、やってみ」

ここ本堂に生けることは、豊重にとって夢であり憧《あこが》れであった。

「ええんですか」

「もちろん、執行が言っておるんや。これ以上ないやろう」

「父上、やってみます」

豊重は改めてご本尊に向かって祈った。

「吉右衛門さん、そしてお季。二人にこの花を手向けます」

この日から、毎朝本堂の花を二人で生けるようになった。それはまさに手取り足取りの稽古となり、専好の持つ技を豊重はどんどんと吸収し自分のものとしていった。

桜子が専好のあとをついて回る。大人のような口調で大人をからかうのが好きな桜子は、どこに行くにも専好のあとを追い、何かしらじゃれてくる。専好も可能な限りはそばにいるようにした。

もう長くはいられない、そう考えると、思わず視界がにじむ。ごまかすようにして、桜子を抱き上げた。

すまない。桜子。父はどうしても許せないのだ、秀吉を。

「もうそんな子どもやないんやから」

と言いながらもはしゃぐ我が娘の不憫《ふびん》を思った。

この日、専好は専武の部屋を訪ねた。専武は年明けから風邪をこじらせ、寝込んだままだった。

「兄上、ほんまに何の役にも立てんですみません」

「なにを言うてんねん。とにかく一日でも早く治しなさい。そしたら、また稽古するで」

「相変わらず、私には意地悪を言わはる」

すっかり痩《や》せてしまった専武を見ているのが辛《つら》かった。

「ところで兄上、最近何かありましたか」

不意に専武が聞いたので、専好は少し慌ててしまった。

「いや、特に何もないで」

「だったらええんですが」

専武は、このところの専好の様子を不審に思っていた。専武は鋭く人の内面を見抜くことがある。幼い頃から、専好が何か隠し事をしていると必ず真っ先に気がつくのは専武であった。

部屋を出た専好は、冷や汗を拭《ぬぐ》った。

(専武よ。早うようなってや。わしには時間がないんや。お前の力が必要になる)

【十七】


桜が咲いた。京の町全体が喜びと希望に満ちた感じが専好は好きだった。

この年の花見は専好にとって格別なものとなった。

おそらく、これがこの世で見る最後の桜であろう。

専好は家族を連れて、醍醐《だいご》寺の桜や賀茂川の桜などを見て歩いた。

良い季節だなと、心の底から思った。賀茂川の土手には見事な桜の木が並び、河原は黄色い野花でびっしり埋まっている。春のさわやかな風が水面を滑るように吹いていった。この春で豊重の背は一段と伸びたようで、ついに専好の背を追い越した。桜子はまだあどけないとはいえ、大人びた表情をみせることもある。

専好は、遠出した帰り道など疲れると、桜子は決まって寝てしまうことを思い出していた。だだをこね始めると専好は桜子をおぶってやった。すると、じきに耳元に静かな寝息が聞こえてきたものだった。

「専好様、申し訳ありません。いつもお願いしてしもうて」

おたみはいつも、申し訳なさそうに言った。

「何を言うてんねんな。心配ない。まだまだわしも若いんやで」

「ふふふ、年寄り扱いしてしまいました」

そんなたわいない言葉を交わした日がなぜか鮮明に心に蘇《よみがえ》ってくる。専好は自分はなんと良い家族に恵まれてきたことか。みな、勝手にするわしを許してくれ、と思った。

文禄三年（一五九四年）七月、前田利家から書状が届いた。太閤殿下の前田邸御成りは九月二十六日に決定したとのことであった。専好は一人部屋にこもり、何度も何度も読み返した。

「いよいよか……。利休殿。いよいよですぞ」

既に花いけの構想は頭の中にある。自分の最後の作品になることを覚悟している。おそらくこの作品は末代まで語り継がれる。自分の最後であるなら、かつて立てたことのない大きな砂物の立花に挑もうと思っている。四間という横に長い空間を充実させるために、巨大な亀甲《きっこう》型の大砂鉢をすでに鋳物屋に頼んであるのだ。この器を使って立てる。

この花を見事に立て、秀吉をあっと言わせてやる。

その日の夜、専好は翌日の花材の切り出しに同行するよう豊重に告げた。

「豊重、明日、わしと出かけるから、そのつもりで。母上には話してある。今日は早く寝るんやで」

豊重を連れて東山に出かけるのは初めてだった。

日の出る前に六角堂を出発した。いつも専好が花材を切り出しに行くのは、京の都の東に連なる「東山連峰」だ。二人は六角小路を東に歩いた。豊重の心は弾んだ。

いつ降り出すかわからないような黒く低い雲に空は覆われている。小路に出て三条大橋を越えさらに東へ歩くと、いきなり東山の深い森が目の前に迫って見えた。

道すがら、専好は豊重に様々な植物のことを話した。歯朶《しだ》の生え方、銀杏《いちょう》には水分が多く燃えにくいこと、竹は根が強く地震に強いこと……。豊重が覚えやすいように、たとえ話や自身が同じように母親に連れられていった昔の話も数多く交え、熱心に話した。

二人は東山の山頂にたどり着いた。山頂からは京の都が一望できる。豊重は元気にあふれていた。「おーい、おーい、母上ぇー、叔父《おじ》上ぇー、桜子ぉー」豊重は大声で叫び、大きく手を振った。

専好の目にはうっすら涙が光っていた。どうしてもっと早くこうして山や川に連れ立って行かなかったのだろう。そう思うと、胸が痛んだ。

「よし豊重、昼にするか」

おたみが持たせてくれた握り飯を豊重に手渡した。二人で握り飯を頬張った。

「父上、おいしいですなあ」

「ああ。母上の握り飯はいちばんやな」


日が大きく西に傾いてきた頃、二人は六角小路まで戻ってきた。

専好は豊重に聞いた。

「豊重、疲れたか」

専好が聞くと豊重は、

「ぜんぜん大丈夫ですけど……」

そこまで言うと、黙った。しばらくの沈黙のあと、豊重は言った。

「父上。ひとつ聞いてええですか？」

「なんだ」

「前田利家様の屋敷で太閤《たいこう》御成りの花を生けるとは本当ですか」

専好は自分の胸が熱くなるのが分かった。

「誰に聞いたんや」

「…………」

「答えへんということは、専武やな」

「はい……」

昨夜《ゆうべ》のうちに専武にだけは話しておいたのだ。

「父上……まさか大丈夫ですよね。ひどい目に遭うなんてことはないですよね」

豊重がしきりに汗をふいている理由がわかった。もう、父親の前で涙を流すのは恥ずかしい年頃なのである。

専好も流れ落ちる汗と涙をふいた。

「豊重、わしは前田様の座敷に花を立てるぞ。たとえ太閤殿下が来やはろうが関係ない。今、わしにある最高の美を太閤殿下にお見せしたいんや」

「せやけど父上。それは危険すぎます」

「豊重よ。わしは負けへん。利休殿がそうであったように、池坊専好一世一代の大勝負や。男に生まれてきたからには引き下がれへんこともある」

豊重は堪《こら》えきれずに涙した。

「父上、絶対死なんといて……ください」

「心配せんでもええ。必ず生きて帰る。しかし、母上と桜子には御成りの花ということは言わんでええ。心配させてはかわいそうや。男と男の約束やぞ。いいか」

「はい」

「豊重、また握り飯食いたいなぁ」

専好は気分を変えるように笑った。


寺につくと、おたみが夕食の支度を整えていた。豊重の大好物ばかりが膳《ぜん》に並んだ。一日歩いた二人は空腹で、専好が二杯、豊重が三杯、飯を腹に詰め込む。おたみが笑顔だった。

食事が終わると、専好は縁側から庭に出た。どんよりとしていた空が晴れ、大きな月が出ている。大きく息を吸い込む。一日歩いた疲れに、全身がどことなく重く感じられた。もう若くないのだなとふと思った。

「専好様、おひとつどうですか」

おたみが小さな盆に銚子《ちょうし》と盃《さかずき》を二つのせて運び、縁側に腰を下ろした。おたみの顔がいつになく曇っているように感じた。

専好がおたみの隣に腰を掛け、おたみが盃に酒を注いだ。専好はおたみの盃に酒を注いでやった。

「こうして二人で飲むのも久しぶりやなあ。いつ以来やろう」

「ほら、豊重が三歳の時、撫子《なでしこ》の花々を食べてしまって利休様が大笑いをした、あの時以来かもしれませんね」

専好と利休が稽古《けいこ》中に、豊重が食べ物と間違えて撫子を食べてしまったことがあった。おたみがそんな豊重を寝かしつけた頃に稽古も終わり、一同で酒を飲んだ。

給仕のためにおたみが座に来ると、利休が酒を勧めた。

「さっ、おたみ殿もおひとつどうですか」

「いえいえ、滅相もございません」

おたみがそう言うと、

「今日は豊重殿に腹の底から笑わせてもろた。そのお礼です。さっ、遠慮なさらずに」

おたみは、ちらっと専好の顔を見た。専好も大きくうなずいている。

「それではお言葉に甘えて。豊重殿に感謝していただきます」

そうおたみが言うと、利休は先程の豊重を思い出して、もう一度大笑いした。


確かにあの日以来であった。次々と起こる出来事に心をとらわれて、いつもそばで自分を支えてくれたおたみを気遣うということをしていなかった。もっと共に過ごす時間を作れなかったことを後悔した。

専好の晴れない顔をじっと眺めていたおたみが言った。

「専好様、さえない顔」

「左様か」

専好は軽く笑って見せたが、うまく笑えていないのが自分でもわかった。おたみは深く息を吸うと、何かを決心したように言った。

「専好様が思うようにしてください。後悔のないように。私は池坊専好の妻ですから。豊重も桜子も大丈夫。本当に幸せでしたよ」

専好は立ち上がり月を見上げた。しかし、月がちゃんと見えない。目から涙が零《こぼ》れ落ちた。肩が震えている。おたみも立ち上がり背中に寄り添った。

「すまぬ」

専好はおたみに一言告げた。おたみは、

「はいはい、池坊専好様」

と涙をこらえながらおどけてみせた。

【十八】

文禄三年（一五九四年）九月二十一日。春が過ぎ夏が終わり、あっという間に九月下旬となった。前田邸での太閤御成りまで残すところ五日。専好たちは最終準備に追われ、六角堂はいつにも増して静かな熱気に包まれていた。

明朝、前田邸に道具類や花材を運び込むため出立する。その後は前田邸に泊まり込みとなる予定だ。

（もうここに戻ることはないかもしれんのやな）

専好は夜明け前に起き、本堂内を念入りに掃き清めた。

（先代から受け渡された花の家としての責任を、私は果たしてこれたんやろか）

清掃の間中、そのことばかりを考えていた。

朝のお勤めを終え、ご本尊に花を手向ける。普段より丁寧に。静かに。その時、専武が本堂に現れ専好の隣に座った。

専武の調子がここのところよかった。

幼い頃はどこにいくにも兄の専好がおぶっていった。年は七歳違いだが、やせ細っているため初老の老人のようにも見えた。専好はこの病弱な弟を常々不憫《ふびん》に思っていた。花の才能ならば専好をしのぐほどの感覚を持っている。自然の花や木の見つめ方、感受性、草木を扱う技術など、専好でも及ばないところがある。

そんな専武のことを思うと、これから自分のしようとしていることが、専武に対しても厳しい状況を招く結果になってしまいそうで申し訳ない思いになる。

（間に合ってくれたか……）

この日、専武は作品が仕上がる少し前に、前田邸のことを口にした。

「兄上、いよいよ五日後ですね。私もお供させてください」

「いや、専武は来なくてよい」

専好は目を合わさず、作品に目を向け、作業を続けながら言った。

「なぜですか。私は兄上のお役に立ちたいのです。なにとぞお供をお許しくださ い」

専武は食い下がった。今までもずっと一緒に花を生けてきた。今回もそばにいさせてほしい。これは専武の本心だった。

「お前は体が悪い。何かあっては取り返しがつかん。もし兄を思うのなら、今は養生しろ。私は大丈夫や」

専好にも専武の気持ちがよくわかった。だから普段通り、いや普段以上に明るく言った。

専武は違和感を覚えた。これまで、体調の悪さを理由に「取り返しがつかぬことがあっては困るから養生しろ」と言われたことはなかった。体調については自分が一番わかるだろうから来るか来ないかは自分で判断しろ、というのがいつもの専好である。

専武は嫌な予感がした。自分がともに行って困ること。

「兄上、もしや……」

昼食を済ませると、専好は花の調達のために家を出た。いつも専好の花材を世話してくれる平太を供にしていた。

いつもの道を東山に向かう。二人の間に特に会話はなかった。

花材を切り出し、六角堂へ戻る途中、専好が口を開いた。

「平太よ、明日《あした》から、私とともに前田邸に来てくれんか。平太と最後は二人で作品を仕上げようと思う」

「専好様の御用なら、もちろん喜んで参ります。どこまでもお供します」

平太は、汗を拭《ふ》きながらそう言った。

「二度と戻れんかもしれん……。それでもええか」

専好は耳打ちをするように言った。

「私はすでに天涯孤独の身。誰も待つ者などおりません。最後の最後まで専好様のお供をすると覚悟を決めておりますから」

平太はつぶらな瞳《ひとみ》をいっぱいに開いてそう言うと、微笑んでみせた。

「そうか。すまんな」

と専好は小さな声で言った。

夕刻、六角堂に戻ると、いつも通りおたみが夕食の支度を整えていてくれた。専好は珍しく自ら酒を用意するようにおたみに伝えた。

夕食の席には、専武、豊重、桜子、おたみが揃った。

「よし、皆で食べよう」

豊重はすぐに二杯目のお椀《わん》を抱えた。専好は専武とおたみに酒を飲むように促した。

「なんだか、今日の専好様はおかしいわ」

おたみはくすっと笑った。にぎやかな夕食が終わり、おたみと子ども二人が居室に下がると、すでに秋がすぐそこまで到来していることを告げるように、庭から虫の音が聞こえてきた。

専好が道場で前田邸の作品の最終確認をしていると、そこに専武が現れた。

「兄上、少し話してもよいでしょうか」

専武は夕食の時からほとんど笑っていなかった。専好もそれに気が付いていた。

「まさか兄上、よからぬことをお考えではないでしょうな」

普段の専武とは別人のように鋭い口調で専好に迫った。専好は黙ったまま作業を続けた。道具箱に花道具をしまっていく。花鋏《はなばさみ》の横に大きな斧《おの》が置いてあった。知らない者から見れば、大砂物を立てるのに必要な道具に見えるかもしれない。しかし普段の立花には使わないような大きな斧だ。十分に人の命を奪うことができる大きさである。専好は道具箱に蓋《ふた》をすると、専武を見た。

「さすがやな。お前にはかなわへんわ」

そう言うと、専好は袂《たもと》から一通の封書を取り出し、専武の前に置いた。

「兄上、なんですかこれは」

専武が尋ねた。

「絶縁状や」

専好は努めて冷静に答えた。

「五日後、私は前田邸で太閤《たいこう》秀吉を討つ覚悟や。しかし、お前や家族たち、また池坊家に迷惑をかける訳にはいかへん。そやから、今日で私は池坊家から絶縁されたことにする。まったく関わりのないあかの他人になる。わかってくれ専武」

冗談を言っている目ではなかった。専武はゆっくり封書を開け、絶縁状の中身を黙読した。その間、専好はくるりと専武に背を向けると、障子を開け六角堂を眺めた。この日はちょうど満月で、六角堂の上空で静かに輝いていた。

「池坊の跡目は専武に相伝する」と記されている。専好はひょっとするとおたみと豊重、桜子は生きてはおられないと考えている。おそらく家族は斬首《ざんしゅ》されるということであろう。

「兄上、なんということを。そない恐ろしいことはお止め下さい」

そう言うと、専武は激しく咳《せ》きこんだ。立っていられず、その場に倒れ込んだ。

しかし、その体を必死で持ち上げようと四つん這《ば》いのまま、激しく震えている。

「専武よ。お前は病弱じゃ。床に臥《ふ》せっており、池坊の厄介者じゃと前田様にはそのように書状をしたためた。事が済めば書状が届く手筈《てはず》である。うまくお前だけは助かることができるであろう。いつか言うたやろ。確かまだ二十歳の頃やったと思う。場所は道場で専義師匠の稽古《けいこ》の時やった。お前は名人になると。専武の力が必要な時が必ず来ると」

「…………」

言葉を返せない。

「その時が来たんや。それが今や。お前が池坊を継いでくれ。後世に『花の道』を伝えるんや。本堂のご本尊の脇に叔父《おじ》から相伝された『専応口伝』を置いてある。頼む専武。池坊を頼む」

専好の目から涙がこぼれた。専武もその場で泣き崩れた。

「利休殿、あなたにはわかってたんや。こうなることが」

専武は息を整え、小さな声でそう呟《つぶや》き、専好に告げた。

「兄上の気持ちはようわかりました。もう、心に決めはったんですね。私にはもう止められへんのでしょう。兄上に利休殿からの預かりものをお渡しします」

「利休殿からの預かりもの！　専武、なんのことを言うてるんや」

専好にはまったく意味がわからなかった。もうすでに利休はこの世にいないのだ。

専武は、這うように本堂に向かった。そしてご本尊の脇にある小さな机から封書を持ち出した。宛名は「専好殿」と書かれている。それは紛れもない利休の筆跡だった。

専武も中身は知らない。ただ、「専好殿が私のことで何かお悩みのようなら、これを渡してほしい」という書状とともに専武に送られてきたものだ。「何もなければ、渡さないでほしい」とも書き添えられていたので、これまでずっと本堂にしまってあった。

専武は一人本堂を出た。専好は花の前に座り、その書状を静かに開いた。

「利休殿……」

専好は声を押し殺して泣いた。あの笑顔が思い出された。懐の深い魅力的な笑顔が——。

満月の明るい月明かりに照らされた六角堂の、青々とした葉の地摺《じす》り柳が秋の気配をふくんだ風に揺れていた。

【十九】

文禄三年（一五九四年）九月二十二日。

ようやく東山の稜線《りょうせん》が淡い光の中に現れ始めた頃、大きな体の平太が本堂の前で手を合わせ、専好が出てくるのを待っていた。平太には専好がこれからやろうとしていることの、そして自分が選ばれた理由も、察しはついていた。昨日、母親の墓参りを済ませてきた。

（もうここには戻れないかもしれへん）

平太は、専好に身を預けると決めていた。子どもの頃から身内同然に接してもらった恩返しの時は今しかないと思っている。

専好は、普段通りの格好で境内に現れた。さわやかな今朝の天気のような、どこか吹っ切れた表情をしている。手には道具箱を持っていた。残念なのは、桜子がまだ寝ていることだが、「起こすことはない」と専好がそう言ったのだ。

見送りにきたおたみと豊重に優しい笑顔で言った。

「それでは行ってくる。豊重、母上を困らせるなよ」

専好はすっかり逞しくなった我が子の肩に手をのせた。

豊重は、父の目をじっと見て言った。

「わかってます、父上。約束ですよ。必ず戻って来てください」

「専好様」

専好は黙ったまま深くうなずくと、おたみを見た。おたみは泣くまいと必死にこらえている。そんなおたみに「たのむ」と一言だけ声をかけると、専好は平太と六名の弟子、荷運びの男たちを従え、山門を出ていった。

山門をくぐるときに、ちらっと道場の方に目をやった。専武は見送りには出てこなかった。専好は、「専武、すまん」と心の中で呟き、門を出た。

専武は、体調が悪いから見送りに出られないと言ったが、真の理由は違った。専好を見れば自分の感情が顔に出て、「命がけの秀吉とのいくさ」をおたみと豊重に悟られてしまうのではないかと思ったのだ。専武は部屋の障子の隙間から見送っていた。

「兄上。兄上……」

専武は誰はばかることなく泣いた。

「あぁ、利休殿。手紙で止めてはくれませなんだのか」

恨めしそうに青い空に手を合わせ呟いた。

専好を先頭に一行が昼過ぎに前田邸に到着した折、前田利家は出かけており不在だった。

早速弟子たちとともに前田邸の大広間である大書院三之間に準備をする。

この座敷の床は四間床（七・二メートル）。様々な武家屋敷で花を立ててきた専好も、この広さの床に生けるのは初めてである。桁《けた》違いの広さと言ってよい。三日間で完成をめざす。

翌日、その床に、見たこともないほど大きな砂鉢が持ち込まれた。銅製の大砂物の花器。大きさは幅が六尺という特注品だ。弟子たち六人がかりでやっと抱えられるほどの大物だ。専好は出来上がりの大きさを想像して、花器を置く位置を指示した。

「よし、その辺りにおいてくれ」

畳を汚さないように、座敷には真新しい茣蓙《ござ》と毛氈《もうせん》が敷かれ、その上に先日より東山から切り出して来た草木が持ち込まれた。大きな松、伊吹《いぶき》、柾《まさき》、都忘《みやこわす》れ、鳴子《なるこ》百合《ゆり》、躑躅《つつじ》、歯朶《しだ》など、様々な花木がそろっている。

最初の一本目の松を立てる。この重要な枝「真」は古くは「心」とも言われ、この一本が作品を決定的に決める。

切ってきた枝をそのまま見ても、普通の人にはただの大枝にしか見えないのだが、専好がその中の一本を選び出し、天にかざし、小枝をさばき、葉を減らすと、見事な姿に整えられる。魔法を見ているかのように、雑然とした中から美が紡ぎ出されていく。

しかし、これだけの大きさである。一人や二人ではとても生けられない。専好に枝が見えるように弟子たち四人がかりで一本目の松を持ち上げる。松の長さはゆうに十六尺はある。幹は一番太い部分で直径一尺半ほどもある巨大さである。専好は弟子たちに様々な角度をこちらに見せるように指示する。正面から見て、最もよい姿を探す作業だ。通常の大きさならば自分で持って花材を回してみるのだが、この大きさになれば一人ではどうしようもない。弟子たちが汗を流しながら角度を変えた。

「もう少し右に、もう少し枝先を上げる、もっと上げる。いや、反対にしてみてくれ。もっと上げる。足元を下げる」

専好は、ある位置に松が来た時に叫んだ。

「よしっ、今の位置で決まりや。それではとりかかろう」

弟子たちは大花道具を取りだし、まずは松の枝を支えるために足場をつくり自立させた。それから足元を削り、あらかじめ花器に固定してある「幹足」に釘《くぎ》、鎹《かすがい》などを使い固定していく。

十六尺の枝先には青々とした松の葉が茂っている。松は年中緑を絶やさない。日本人は古来古《いにしえ》より神の宿る木「依代《よりしろ》」として松を大切にしてきた。そして、様々な思いを託して生けてきたのである。

一番大きな枝の固定に丸一日かかってしまった。この日はここで作業を打ち止めとし、続きは翌二十四日からとした。そして翌日は早朝から二本目に取り掛かった。

大きな松の取り付けには特別な技術が必要であったが、先代の専栄時代からの弟子たちはなんなくその作業を終えていった。松が入ると、続いて季節の花をあしらう。紫の杜若《かきつばた》も用意してあった。秋の杜若は曲がりが強くなり、味わいが増す。

専好は思い出していた。初めて利休と出会った清洲城の花を。あの時は松と、若々しく勢いのある同じ紫の菖蒲《しょうぶ》の立花だった。信長公にお褒め頂いたあの花――。歳月の流れと己の成長を杜若の中に見る。

「あの時は、見事に利休殿に心を見抜かれたな」

強張《こわば》った表情だった専好の顔から、思わず笑みがこぼれた。

師の笑顔を見て、平太や弟子たちは、何だかうれしくなって力が戻ってくるのがわかった。

「専好様、何がそんなにうれしいんですか」

普段は無口な平太が専好に質問した。

「今までいろいろな花を生けてきたが、最後にこの取り合わせになるとは。これも運命なんやろう」

再び専好の表情が引きしまった。

いよいよ最後の日、あとは小花を入れていくのみとなったところで、専好は弟子たちを集めた。

「お前たち、よくぞここまで私についてきてくれた。今回はここまででよい。不要な道具をまとめて、六角堂に戻りなさい。そして、今まで学んだことを生かして、皆が師となり、弟子を育てなさい。そして、できるんやったら、専武と豊重を見守ってやってほしい」

弟子たちは、それまで何も聞かされてはいなかったし聞きもしなかったが、専好が何かを覚悟して、この前田邸の花に挑んでいることは薄々気が付いていた。もしかしたら、これが師匠の最後の花になるかもしれない。誰もがそう思って、この場に臨んでいた。弟子の中でも一、二を争う上手であった猪飼三左衛門《いかいさんざえもん》が専好の前に出た。

「専好様。最後までお手伝いすることは許されないんですか。最後まで私もお供させてください」

猪狩の目から大粒の涙が零《こぼ》れ落ちた。その場にいた他の弟子たちも同じ気持ちであった。おそらく師が考えていることが、命に関わることであるとは察していた。だからこそ、弟子たちは一緒にいたかったのだ。

「三左衛門よ、おおきに。そやけどお前たちには、池坊の立花を伝えていく義務がある。私とともに残ることは許さへん。私のことを思ってくれるんやったら、六角堂へ戻りなさい」

専好は、いつもの優しい口調で猪飼ら弟子に指示した。弟子たちは荷物を片付け、前田邸を出た。

正門で三左衛門が振り向き呟《つぶや》いた。

「専好様。どうかご無事で」


「平太。仕上げに入ろう」

専好は、決意したように平太に言い、最後の仕上げに入った。

花器の口元に、色とりどりの花葉をあしらう。立花にとって、足元の仕上げは真を立てるに匹敵するほど重要で、いかに素晴らしい真が立ったとしても、この足元の仕事が悪ければすべてを台無しにしてしまうほどである。専好は特に気を配り、慎重に進めていった。


作業を始めて、すでに十時間以上が経過した。

日も暮れて、庭にはかがり火がたかれ、かろうじて明かりをもらうことができた。専好は明朝まで作業時間が欲しいと、前田家に申し出ていた。

専好と平太が仕上げを急ぐなか、前田利家が大広間に現れた。

「専好殿、遅くなって済まぬ。いや、これは見事じゃ。このような座敷の花は見たことがない。さすが専好殿じゃ。これならば太閤《たいこう》殿下も腰を抜かすであろう」

利家は、大満足の様子で作品の前に立った。自慢の大座敷に設《しつら》えた大床に、これ以上似合いの花はないであろう。かつて自身も歌舞伎者で鳴らした血が騒ぐ。しかし、利家は気になっていた。それは、専好が秀吉に会いたいと口にした時の「決意の目」だ。

「前田様。この度は私めにこの大役をお任せくださり、ありがとうございます。太閤殿下の御高覧、大変光栄に存じます」

専好は淡々と挨拶《あいさつ》した。

「ところで専好殿、いつもの弟子たちの姿が見えないが、どうされたのですか」

利家は、専好の腹を探るように聞いた。

「先程帰らせました。あの者どもは、今しがた破門にしたところです」

「破門ですと。なにゆえですか」

「あの者どもは、こともあろうに師である私の花を批判しよった。太閤殿下が見られる特別な花にケチをつけるなどどうしても我慢なりません。そこで破門にしたんです。これはまったく身内の話、お忘れください」

(この男、死ぬつもりか……。そのつもりで弟子を破門などと……)

利家は、専好の覚悟を知った。

「それでは、まだまだ仕上げがありますよって、これにて」

専好はそう言うと厳しい表情で振り返り、花を眺め、都忘れを水桶《みずおけ》から取り上げた。

悲しいかな、誰にも言えないが、利家は利休の死を今なお悔やんでいる。なぜ利休は死なねばならなかったのか。その利休が命にかえて守り抜いた「美の世界」を専好は自分が引き継がねばならぬと感じているらしい。が、今の太閤秀吉を相手にして誰が仇討《あだう》ちをすることができるだろう。

すでに太閤はすべてを手中に収め、その独裁ぶりはひどくなるばかり。太閤秀吉に真っ向から物言える者など、もはや存在しなかった。しかし、この天才的な花人は、すべての名誉も地位も投げ捨てて、利休の仇を討とうとしている。

利休と専好。戦に明け暮れていた自分の人生を、この二人の天才が変えてくれたのだ。専好の企《たくら》みを止めるべきか、見て見ぬふりをすべきか。利家は迷った。

迷っている利家に専好は気が付いていた。季節外れに咲いた都忘れを持って葉を省略していた専好が、手を止めて、その都忘れを利家に渡した。

「前田様。この都忘れは、その昔、承久《じょうきゅう》の変に敗れ佐渡《さど》に流された順徳《じゅんとく》上皇が、この花をみると都への思いも忘れる、と言われたことから名づけられた花です。しかし、私はこの花を見ても懐かしい時を忘れることができまへん。前田様にご迷惑はかけしませんので、黙って見逃してもらえまへんやろか。太閤殿下のやり方は、同じ美を追究する者として、どうしても許せんのです」

利家は、都忘れを利休が好んで茶会に使ったことを知っていた。その可憐《かれん》な一輪の都忘れを見ていると、あまりに理不尽だった利休の死の無念さがよみがえってくるようであった。

専好は、別の都忘れの葉を整えながら、利家の耳元で小さく言った。

「私は僧であるゆえ、血なまぐさいことは好みまへん。せやから、前田様の落ち度が咎《とが》められることなどありまへん。ご安心ください」

なんという男であろう。こちらの心はすべて読めている。利家は北野大茶湯を思い出していた。あの時、時代が動いていく瞬間を目の当たりにした。それはまさに戦の時代の終焉《しゅうえん》を物語っていた。

利休の茶と専好の立花、それぞれの道に大成しようとする者に共通する意地であり、それは命がけの道であること。今、専好は利休という友への友情と、自らの歩んできた花の道の集大成の時を迎えようとしていた。

「わかりました。専好殿。あとのことは私がお引き受けしましょう。存分になされよ」

利家は振り返り、家臣たちに告げた。

「よいか、皆のもの。専好殿のすることの邪魔立ては一切許さぬ。これは前田利家の命令である」

利家は思った。これが自分の人生を変えてくれた二人への恩返しであり、自分がいま果たすべき役割なのだと。

茶の道、花の道、この素晴らしき美の道の草創期を、太閤秀吉であれ誰であれ、土足で踏み汚し、その歩みを権力で止めてはならぬ。もし自分がその道の草創に携われたのであれば、後世にまで誇れることだ。

「かたじけない。前田様。これが池坊専好の一世一代の大いくさですわ」

専好は、優しく笑った。

【二十】


文禄三年（一五九四年）九月二十六日。どんよりと曇った日となった。東山の上空からは時折、雷の低い音が響き、今にも龍が舞い下りてきそうだった。

家臣たちが前田邸正面門を開けると、木と金属のこすれる、ぎいという地を這うような音がした。

「太閤殿下豊臣秀吉様の御成りでござる」

一瞬にして邸内に緊張が張りつめる。

秀吉は赤色に金の刺繡《ししゅう》がほどこされた羽織を着込み、どかどかと前田邸に上がり込んだ。

「ようこそお越しくださいました。さ、どうぞ奥へ」

玄関に前田利家が出迎えた。

「久しぶりじゃな。大儀である」

秀吉の機嫌はまずまずだ。

秀吉が邸内に入ると同時に、外は大雨が降り始めた。秀吉は邸内をあちこち見渡しながら、廊下を進む。

「なかなか良い屋敷じゃのぉ」

秀吉は跳ねるように奥の大座敷へと進んだ。

(いよいよか……専好殿)

歴戦の強者《つわもの》であるはずの利家だったが、胸の高鳴りが収まらない。

大座敷の前で秀吉が立ち止まる。大雨に雹《ひょう》がまじり、激しい雷鳴が東の空を切り裂いた。

「太閤《たいこう》殿下の御成りぃ」

入り口の襖《ふすま》が開き、秀吉が座敷に入った。

大広間の奥に、見る者の遠近感を惑わせるかのような巨大な花が静けさをたたえて鎮座している。

「おおぉ」

秀吉は目を見開き、立ち尽くした。

「なんちゅう大きさじゃぁ」

青々とした常盤《ときわ》の松が、風雪に耐え、曲がりに曲がったその姿を堂々と見せていた。何より桁《けた》違いな大きさに圧倒され、言葉が続かない。長さが三間はあろうかという松が、数百年の時を超え、その場で生き続けていたのではと錯覚するような、力強い見事な枝であった。

「これはまた……素晴らしい花じゃのぉ」

秀吉はゆっくりと前に歩みを進めた。利家も誇らしい気分で秀吉と並んで歩いた。

(専好殿、やりましたな。太閤殿下もお褒めですぞ)

秀吉と利家が一歩、また一歩と花に近づいていく。五、六歩ほど歩みを進めた。花に近づくほどに、改めてその大きさに二人は驚かされた。よくみると花の後ろに四幅の掛け軸が掛かっているのがわかった。

「?」

秀吉は利家の顔を見た。

「何の軸じゃ」

秀吉が目を細めながら更に五歩ほど近づく。と、その足が止まった。

「あっ」

利家の口から声が漏れた。

その軸に描かれていたのは、なんと木々の枝の上に遊ぶ猿の絵。しかも四幅の掛け軸に合計二十四にも及ぶ猿だ。その猿が、あたかも松の枝の上を飛び跳ねたり、ぶら下がったり戯れているかに見えるよう、枝ぶりの位置もすべて計算されていた。

この掛け軸は、昨夜《ゆうべ》の段階ではなかった。

(専好殿。あなたという人は……なんということをしてしまったのだ)

利家は心の中で叫んでいた。

「なんじゃ、あれは……」

秀吉の顔がみるみる紅潮していった。こめかみには血管がはち切れんばかりに浮き出している。いまや秀吉を「猿」と呼べる人物はいなかった。「猿」という呼称を用いようものなら、即刻斬首《ざんしゅ》を命じられてもおかしくなかった。

「あの猿はなんじゃ！　なんのつもりじゃ、利家！」

秀吉が利家を睨《にら》みつけた。

「猿じゃと！　切腹じゃ、この花を生けた者を切腹にいたせぇ」

利家は何も答えられない。周りにいた両家の家臣たちが色めきたった。すでに立て膝《ひざ》をしている者もいる。

秀吉は、猫背をさらに丸め、怒りで肩を震わせている。

そして歩みを進めながら、松の枝からゆっくりと視線を落としていった。力強い松とは対照的に、中段には数輪の杜若《かきつばた》が生けられていた。柔らかい曲《きょく》のある茎の先に、美しい紫色の花が凛《りん》とした姿で咲いていた。緑と紫の対照は実に美しい。怒りに打ち震えている秀吉だったが、この緑の松と紫の花の取り合わせに吸い込まれるような感覚を覚えた。

（なんだ、この感覚は）

怒りの表情のまま、秀吉はゆっくり花に近づいていった。

「松に紫……松に紫……」

うわごとのように呟《つぶや》く。

（どこかで見たような……）

はっと何かを思い出したように秀吉が立ち止まった。

「もしやこの花は……」

秀吉は、手に持っていた扇子を床に落とし、膝から崩れ落ちた。そのまま、ゆっくりと這《は》うように花に近づいていく。

秀吉の目から一筋の涙が流れ落ちていた。そして、やがて大声を上げて泣きだした。

先程から降り続く雹が屋根を叩《たた》く。大広間には秀吉の泣き声だけが響き続けた。なぜ泣いているのか、周囲の者たちには皆目見当がつかない。ただ利家だけが、秀吉の涙の訳に気づいていた。

秀吉は流れる涙を拭《ぬぐ》うこともなく、しばらくの間泣き続けた。さんざん涙を流した後、呼吸を整え、秀吉は、利家に尋ねた。

「利家よ。この花を生けたのは、あの清洲城の花を生けたお方か」

利家が、流れる涙を右の親指で拭った。

「そう、池坊専好。あの日、清洲城で信長公が天才だと言われた専好殿です」

「あの、北野大茶湯の池坊専好が、あの清洲城の花の人であったか……」

秀吉は再びむせび泣いた。秀吉の目には花に重ねて信長の生前の姿が映っていた。作品ににじり寄ると、

「お屋形様、猿ですぞ、猿ですぞ」

と、うわごとのように繰り返した。

「猿はここにおりますぞぉ」

殺気立っていた両家の家臣たちは気勢をそがれ、やり場のないままその場に腰を下ろした。

実は昨夜、利家が大広間を訪ねた時には、杜若は一本も入っていなかった。今朝早くに生け足したに違いない。それは、まさに清洲城に専好が立てた立花を髣髴《ほうふつ》とさせた。


秀吉と利家はあの時、清洲城にいた。あの日、信長公は専好が座敷を去ったのちに、主要な家臣を大座敷に集め、こう言った。

「よいか皆の者。この花を見よ。なんと美しきことか。わしはこのように豪快でいながら繊細な見事なる花は見たことがない。感動した。わしは、いつの日か必ず天下をとり、戦の世を終わらせる。その時はもう一度、この天才、池坊を呼びたいも

のよ。よいか皆の者。その日まであともう少しじゃ。頼むぞ」

秀吉も利家も、末席ながらその場に居合わせ、信長の謦咳《けいがい》に接していた。若かった二人は心打たれた。「信長様と天下をとりたい。そのためならなんでもしよう。この命だって投げ出そう」そう思っていた。

「皆の者よ。もっと近くに寄って、この見事な花を見るがよい」

信長はそう言って、家臣たちに座敷の前に来るよう命じた。秀吉ははるか後ろの方にいた。農民出の秀吉にとって、座敷の奥に行くことすらためらわれた。それに気付いた信長が秀吉に歩み寄って、耳元で言った。

「猿よ。遠慮することはない。しっかり見ておけ。そして茶のことも花のこともしっかり学べよ。周りから馬鹿にされるぞ。よいか猿。戦に強いなど、なんの自慢にもならん。勝負は時の運。しかし、茶や花は違うぞ。その人自身じゃ。茶も花もその者の内面が磨かれないと良いものにはならん。よいか猿。己の価値を磨け。そうしたら、戦に負けても人としては負けん」

秀吉は、赤面しながらうなずいた。

去り際にもう一度、信長が言った。

「猿よ。茶と花を、人の心を、大事にせえよ。そういう武将になれ」

秀吉は清洲城で見た松と菖蒲《しょうぶ》の立花と同時に、信長の言葉を思い出していた。

「お屋形様……」

利家は、静かに秀吉の横に立った。

（これは、池坊専好殿の命をかけた利休殿の仇討《あだう》ちですぞ）

利家の心の声が届いたのか、秀吉は体から力が抜けるように、その場にしゃがみこんだ。

信長に憧《あこが》れ、猿や百姓などと陰口を叩《たた》かれながらも人一倍努力し、自分の美を見つけ出し、人から馬鹿にされないようにと懸命に美を追究してきたつもりでいた。しかし利休はその美を認めてくれなかった。

（本当は、わしは利休に褒めてもらいたかったのかもしれん。意地を張りよって。利休）

秀吉はもう泣かなかった。ゆっくりと花を見上げながら誰にも聞こえぬ声で呟いた。

「池坊専好か。誠に心ある花人であるな。利休よ。良き友をもったな」

秀吉は不意に振り向いた。両手を上げ、大きな声で言った。

「なぁ利家よ。わしは久しぶりにお屋形様にこっぴどく叱られた気分じゃぁ」

利家は何も言わずただ頷《うなず》いた。

「この花戦さ、わしの負けじゃ。専好殿にそう伝えよ」

そしてまた秀吉は花に向かった。無言のまま見つめていた秀吉は、やがて誰にも聞こえないほどの小さな声でぽつりとつぶやいた。

「利休……、ゆるせ、利休……」


前田邸の茶室は利休の設《しつら》えた四畳の茶室である。あちらこちらに利休の追究していた美が施されていた。専好は茶室にいた。先ほどまで天井をたたいていた雹《ひょう》も止んだようだ。

専好は、床の間に利休が愛用した竹の花入れを置き、杜若を投げ入れた。以前、細川忠興の茶会でも生けたものだ。大座敷で生けた花とは正反対の茶室の花。豪華絢爛《けんらん》な立花と対照的な簡素な投げ入れ花。

専好はそこに小さな包みを持参していた。包みを開き、黒楽茶碗《ぢやわん》を取り出す。宗恩から預かった利休の形見の茶碗だ。

鈍く黒光りするその茶碗をそっと畳に置き、袂《たもと》から利休の書状を出した。

日付は切腹の前日。京の利休屋敷で書かれたものだった。すでに死を覚悟した上でのものに違いない。

冒頭に、いきなり猿の絵が描いてあった。少し物悲しそうな表情の猿。その猿の腰にはひょうたんがぶら下がっていた。おそらくこの猿は秀吉であろう。この秀吉の悲しそうな表情から、蜜月《みつげつ》の時を過ごしてきた秀吉と利休の運命を悲しむ利休の気持ちと、きっと秀吉も同じ気持ちであろうと考えていたことが見て取れた。

専好にはわからない、やるせない気持ちがあったのだろう。

その猿の絵に続いて、たった一行の文字が書かれていた。


「茶のいくさ　花のいくさ　我茶人として生きる　花の人として生きよ」

利休が最後まで茶人として生きたように、花人は花人として最後まで生きよということだ。刀を持たずに、花を持って戦えということを意味する言葉でもある。

「利休殿、ご覧になられましたか。私の、花のいくさを」

雲の切れ間から一筋の光が京の都を照らした。障子を通して差す柔らかな陽光に、黒楽茶碗が一瞬、明るく光ったように見えた。それは利休の温かい笑顔にも似ていた。

時代は大きく変わろうとしていた。武力を誇る時代ではなく、心の本当の豊かさを競う時代に——。

参考文献

『茶道聚錦〈三〉千利休』村井康彦責任編集（小学館）
『花人列伝』講談社編（講談社）
『いけばな　その歴史と芸術』伊藤敏子（教育社歴史新書）
『池坊歴代家元花伝』池坊専永総編纂（講談社）
『歴代家元譜―華・歌・仏―図録・いけばなの流れ―』華道家元池坊総務所中央研究所編（日本華道社）
『いけばな美術全集　いけばなの成立』（集英社）
『図説日本合戦武具事典』笹間良彦（柏書房）
『数寄―茶の湯の周辺』多田侑史（角川選書）
『京都時代MAP安土桃山編』新創社編（光村推古書院）
『利休に帰れ―いま茶の心を問う』立花大亀（里文出版）
『一個人』2010年8月号（KKベストセラーズ）
『ペンブックス8もっと知りたい戦国武将。』Pen編集部（CCCメディアハウス）
『ペンブックス6千利休の功罪。』Pen編集部（CCCメディアハウス）

解説

細谷正充《ほそやまさみつ》（文芸評論家）

戦国時代は、その字義のとおり、国中が戦をしている時代であった。さまざまな野望を滾《たぎ》らせた武将たちが、各地で合戦を繰り広げ、それは徳川家康《とくがわいえやす》が天下を統一するまで続いた。まさに戦国武将が乱世の主役だったのである。

だが、彼らだけが時代を生きていたわけではない。農民や商人がいなければ世の中は回らないではないか。また、さまざまなジャンルの芸術家や文化人も、激動の中で躍動していた。そうした芸術家や文化人を、権力者と対立させた戦国小説も少なからずある。なかでもよく取り上げられる人といえば、茶の湯の千利休《せんのりきゅう》であろう。

茶道界の巨人であり、多くの戦国武将を弟子にしていた利休は、しかし天下人になった豊臣秀吉《とよとみひでよし》の勘気に触れ、ついには自害した（理由には諸説あり）。死の前日に利休が残したという遺偈《ゆいげ》は激烈であり、死の前後の利休に対する秀吉の扱いも酷薄なものであった。このあたりが作家の創作欲を刺激したのであろう。海音寺潮五《かいおんじちょうご》郎《ろう》が、戦前に発表した「天正女合戦」をベースにした『茶道太閤記《たいこうき》』で利休と秀吉を対立させ、そこに芸術と権力の相克を重ね合わせたことで、歴史小説における千利休像が確立。以後、二〇〇九年に第百四十回直木賞を受賞した、山本兼一《やまもとけんいち》の『利休にたずねよ』など、現代まで受け継がれているのである。

その千利休と同時代を生きた、池坊専好《いけのぼうせんこう》という人物がいる。室町時代に確立した華道を、大きく発展させた芸術家だ。本書は、その池坊専好と千利休の親交を描きながら、利休から専好へと受け継がれる、芸術家と権力者の戦いを見つめた、読みごたえ抜群の戦国小説である。

本書『花戦さ』は、二〇一一年十二月、角川書店より『花いくさ』のタイトルで刊行された。作品の内容に触れる前に、まずは簡単な作者の経歴を見てみよう。鬼《おに》塚忠《つかただし》は、一九六五年、鹿児島県に生まれる。鹿児島大学水産学部卒。世界中を旅した経験があり、新聞に旅行記を連載したのを機に、紀行作家としてデビューした。その後、著作権エージェント会社「アップルシード・エージェンシー」を設立すると、多数の作家を発掘。さらにその傍ら、小説にも手を染め、『カルテット！』『僕たちのプレイボール』などの現代小説を出版している。だから本書の刊行には驚かないが、戦国小説であることにはビックリした。えっ、なんで鬼塚忠が戦国小説なのと思ったが、聞けば、作者と池坊に御縁があり、そこから生まれた作品とのことである。だがまあ、そうした事情はどうでもいい。本を開けば、たちまち物語の世界に引き込まれてしまうのだから。

本能寺《ほんのうじ》の変で織田信長《おだのぶなが》が死に、羽柴《はしば》秀吉が天下人の座を目指していた頃。京都の六角堂《ろっかく》の住職の家系に、代々花の名人を生み出している、池坊家があった。なかでも現在の執行・専栄《せんえい》の甥《おい》である池坊専好は、立花の素晴らしさで、その名を知られている。妻や子に囲まれ、心楽しく、人々に「生きる力」を与える花を立てる専好。だが、長年にわたり水魚の交わりをしてきた、茶人の千利休が、今や絶大な権力を持つ秀吉に疎まれ、蟄居《ちっきょ》のあげく、自害したことから、彼の周囲にも暗雲が立ち込める。

彼を慕う下京の人々の想いに応《こた》え、利休の死の痛手から、なんとか立ち直った専好。しかし嫡男の死を利休の呪いと思い込んだ秀吉は、理不尽な憎しみを専好に向けた。石田三成《いしだみつなり》の思惑も絡まり、専好と親交のある者たちが、次々と死んでいく。かくして、巨大な力に追い詰められた専好は、秀吉と対決することを決意。花の人ならではの方法で、天下人に戦を仕掛けるのだった。

現代小説を読んでいたとき、作者の文体は視覚的だと思っていたが、それは戦国小説でも変わらない。秀吉の備中高松城《びっちゅうたかまつ》攻めを描いた冒頭から、すべてが実に明瞭《めいりょう》だ。歴史の流れから人物の行動、それに伴い判明する人物像などが、分かりやすく表現されている。中学の歴史の教科書程度の知識があれば、簡単に物語の中に入っていけるだろう。池坊専好が登場する場面でも、花を立てる様子が目に見えるように書かれている。なんとも読みやすい作品なのだ。

その一方で、小間物屋・十一屋吉右衛門《じゅういちやきちえもん》の娘のために、専好が花を立てるエピソードを挿入して、主人公の好漢ぶりを強く印象づける。ここで専好のキャラクターに、ぐっと心を摑《つか》まれた読者も多いことだろう。

さらにポンとストーリーを過去に飛ばすと、専好と千利休（宗易《そうえき》）の出会いと、そこから始まる長き交誼《こうぎ》を活写する。茶道と華道という違いはあれ、共に芸術の道を歩むふたりが、時に子供のようにはしゃぎながら親交を深めていく歳月は、気持ちのいい注目ポイントになっている。

それだけに、蜜月《みつげつ》時代もあった利休と秀吉がしだいに決裂し、ついには利休が死に追い込まれる展開が辛《つら》い。でも、その経緯がなんとも巧みなのだ。秀吉が信長から〝猿〟と呼ばれていたという説を起用して、有名な北野《きたの》大茶会で生まれた、秀吉の利休に対する憎しみを立ち上がらせる。実はラストでも、この〝猿〟が使われているのだが、そちらも巧みであった。さらっと書いているが、作者の小説技法には、並々ならぬものがある。

　さて、ここまで物語の面白さに注目してきたが、もちろんテーマも見逃せない。〝この世の中に無駄な葉や枝はない。美しさというものは、その奥深くに隠れてい
る〟と信じている専好は、その美しさを立花で表現することにより、人々に「生きる力」を与えたいと思っている。そのような思想を持つ専好が、簡素簡潔の中に美の境地を見る〝わび茶〟を完成させた利休と魂を響き合わせたのは当然のことといえよう。そして権力に取り憑《つ》かれ、利休を死に追いやった秀吉と対立したのも、必然といっていい。作者は権力と芸術の相克を、利休と専好を通じて露《あら》わにしながら、ラストで芸術の力を際立たせる。そこに作者が語りたかったテーマが込められているのだ。

　ついでにいうならば、この物語そのものが小説の力――すなわち芸術の力を体現したものになっている。だから読者は、素晴らしい美術品に接したときと同じ感動を得られるだろう。本書は、そのような作品なのだ。

本書は平成二十三年十二月に小社より刊行された単行本を文庫化したものです。

花《はな》戦《いく》さ

鬼《おに》塚《つか》 忠《ただし》

平成28年 5月25日　初版発行

発行者●郡司 聡

発行●株式会社KADOKAWA
〒102-8177　東京都千代田区富士見2-13-3
電話　0570-002-301（カスタマーサポート・ナビダイヤル）
受付時間　9:00〜17:00（土日 祝日 年末年始を除く）
http://www.kadokawa.co.jp/

角川文庫 19763

印刷所●旭印刷株式会社　製本所●本間製本株式会社

表紙画●和田三造

◎定価はカバーに明記してあります。
◎落丁・乱丁本は、送料小社負担にて、お取り替えいたします。KADOKAWA読者係までご連絡ください。（古書店で購入したものについては、お取り替えできません）
電話 049-259-1100（9:00 〜 17:00/土日、祝日、年末年始を除く）
〒354-0041　埼玉県入間郡三芳町藤久保 550-1

ISBN978-4-04-100786-0　C0193

角川文庫発刊に際して

角川源義

第二次世界大戦の敗北は、軍事力の敗北であった以上に、私たちの若い文化力の敗退であった。私たちの文化が戦争に対して如何に無力であり、単なるあだ花に過ぎなかったかを、私たちは身を以て体験し痛感した。西洋近代文化の摂取にとって、明治以後八十年の歳月は決して短かすぎたとは言えない。にもかかわらず、近代文化の伝統を確立し、自由な批判と柔軟な良識に富む文化層として自らを形成することに私たちは失敗して来た。そしてこれは、各層への文化の普及滲透を任務とする出版人の責任でもあった。

一九四五年以来、私たちは再び振出しに戻り、第一歩から踏み出すことを余儀なくされた。これは大きな不幸ではあるが、反面、これまでの混沌・未熟・歪曲の中にあった我が国の文化に秩序と確たる基礎を齎らすためには絶好の機会でもある。角川書店は、このような祖国の文化的危機にあたり、微力をも顧みず再建の礎石たるべき抱負と決意とをもって出発したが、ここに創立以来の念願を果すべく角川文庫を発刊する。これまで刊行されたあらゆる全集叢書文庫類の長所と短所とを検討し、古今東西の不朽の典籍を、良心的編集のもとに、廉価に、そして書架にふさわしい美本として、多くのひとびとに提供しようとする。しかし私たちは徒らに百科全書的な知識のジレッタントを作ることを目的とせず、あくまで祖国の文化に秩序と再建への道を示し、この文庫を角川書店の栄ある事業として、今後永久に継続発展せしめ、学芸と教養との殿堂として大成せんことを期したい。多くの読書子の愛情ある忠言と支持とによって、この希望と抱負とを完遂せしめられんことを願う。

一九四九年五月三日

角川文庫ベストセラー

男のリズム　池波正太郎

東京下町に生まれ育ち、仕事に旅に、衣食に遊びに、生きていることの喜びを求める著者が機械と科学万能の世の風物に一矢を報い、男の生き方のノウハウを伝える。

人斬り半次郎（幕末編）　池波正太郎

姓は中村、鹿児島城下の藩士に〈唐芋〉とさげすまれる貧乏郷士の出ながら剣は示現流の名手、精気溢れる美丈夫で、性剛直。西郷隆盛に見込まれ、国事に奔走するが……。

人斬り半次郎（賊将編）　池波正太郎

中村半次郎、改名して桐野利秋。日本初代の陸軍大将として得意の日々を送るが、征韓論をめぐって新政府は二つに分かれ、西郷は鹿児島に下った。その後を追う桐野。刻々と迫る西南戦争の危機……。

にっぽん怪盗伝　新装版　池波正太郎

火付盗賊改方の頭に就任した長谷川平蔵は、迷うことなく捕らえた強盗団に断罪を下した！　その深い理由とは？「鬼平」外伝ともいうべきロングセラー捕物帳全12編が、文字が大きく読みやすい新装改版で登場。

近藤勇白書　池波正太郎

池田屋事件をはじめ、油小路の死闘、鳥羽伏見の戦いなど、「誠」の旗の下に結集した幕末新選組の活躍の跡を克明にたどりながら、局長近藤勇の熱血と豊かな人間味を描く痛快小説。

角川文庫ベストセラー

闇の狩人 (上)(下)　池波正太郎

盗賊の小頭・弥平次は、記憶喪失の浪人・谷川弥太郎を刺客から救う。時は過ぎ、江戸で弥太郎と再会した弥平次は、彼の身を案じ、失った過去を探ろうとする。しかし、二人にはさらなる刺客の魔の手が……。

忍者丹波大介　池波正太郎

関ヶ原の合戦で徳川方が勝利をおさめると、激変する時代の波のなかで、信義をモットーにしていた甲賀忍者のありかたも変質していく。丹波大介は甲賀を捨て一匹狼となり、黒い刃と闘うが……。

俠客 (上)(下)　池波正太郎

江戸の人望を一身に集める長兵衛は、「町奴」として、つねに「旗本奴」との熾烈な争いの矢面に立っていた。そして、親友の旗本・水野十郎左衛門とも互いは心で通じながらも、対決を迫られることに——。

冬ごもり　時代小説アンソロジー

編／縄田一男
著／池波正太郎、宮部みゆき、松本清張、南原幹雄、宇江佐真理、山本一力

本所の蕎麦屋に、正月四日、毎年のように来る客。彼の腕にはある彫ものが……／「正月四日の客」池波正太郎ほか、宮部みゆき、松本清張など人気作家がそろい踏み！　冬がテーマの時代小説アンソロジー。

新選組血風録　新装版　司馬遼太郎

勤王佐幕の血なまぐさい抗争に明け暮れる維新前夜の京洛に、その治安維持を任務として組織された新選組。騒乱の世を、それぞれの夢と野心を抱いて白刃とともに生きた男たちを鮮烈に描く。司馬文学の代表作。

角川文庫ベストセラー

北斗の人　新装版　司馬遼太郎

剣客にふさわしからぬ含羞と繊細さをもった少年は、北斗七星に誓いを立て、剣術を学ぶため江戸に出るが、なお独自の剣の道を究めるべく廻国修行に旅立つ。北辰一刀流を開いた千葉周作の青年期を爽やかに描く。

豊臣家の人々　新装版　司馬遼太郎

貧農の家に生まれ、関白にまで昇りつめた豊臣秀吉の奇蹟は、彼の縁者たちを異常な運命に巻き込んだ。平凡な彼らに与えられた非凡な栄達は、凋落の予兆となる悲劇をもたらす。豊臣衰亡を浮き彫りにする連作長編。

司馬遼太郎の日本史探訪　司馬遼太郎

歴史の転換期に直面して彼らは何を考えたのか。動乱の世の名将、維新の立役者、いち早く海を渡った人物など、源義経、織田信長ら時代を駆け抜けた男たちの夢と野心を、司馬遼太郎が解き明かす。

尻啖え孫市　(上)(下)　新装版　司馬遼太郎

織田信長の岐阜城下にふらりと現れた男。真っ赤な袖無羽織に二尺の大鉄扇、日本一と書いた旗を従者に持たせたその男こそ紀州雑賀党の若き頭目、雑賀孫市。無類の女好きの彼が信長の妹を見初めて……痛快長編。

新選組興亡録　司馬遼太郎・柴田錬三郎・北原亞以子 他　編／縄田一男

「新選組」を描いた名作・秀作の精選アンソロジー。司馬遼太郎、柴田錬三郎、北原亞以子、戸川幸夫、船山馨、直木三十五、国枝史郎、子母沢寛、草森紳一による9編で読む「新選組」。時代小説の醍醐味！